Seba・蝴蝶

Seba・蝴蝶

Seba・蝴蝶

Seba · 蝴蝶

蝴蝶館 67

徘徊

下卷

〈慶豐年篇〉

Seba 蝴蝶 ◎ 著

慶豐年篇

陳祭月此時心情不但很複雜，而且有些後悔。

他一定是昏了頭，才會答應陳十七的要求。在銅鏡前又練習了一下，他苦笑，感覺真不自在，像是被卸去所有武裝……明明劍還掛在腰上，只是變成裝飾用的窄劍。

雖然還是很鋒利，但總覺得輕飄飄的很沒有底。

金鉤小心翼翼的敲門詢問，他嘆氣，再一次納悶為什麼在陳十七面前就會失智兼缺底限。

總是要面對現實的。所以他推門出去。

原本有些囂鬧的院子，一整個安靜下來。不但金鉤鐵環瞪大了眼睛，連其他部曲的嘴都闔不上，完全目瞪口呆。

不戴方巾頭冠，只用一根羊脂墨翠玉簪綰髻，內穿月白廣袖交領長衫，外罩圓領廣袖墨青儒袍，恰恰的袍袖比衫袖短一寸，月白襯墨青，額外飄逸。墨青儒袍暗繡石青雲紋，袍角斜墜飛著幾朵名貴秋菊「墨玉」，豐碩如拳，行動間才能隱隱約約的看清，華貴得如此低調風流。

果然人要衣裝。他們那個威儀嚴厲、除了官服還是官服的少主，這麼一打扮起來，還真的像是富貴人家的少爺。

但這不是讓他們全體石化的主因。

而是收斂眸光，放鬆眉頭，帶著溫文淺笑的少主……那駭人的威壓不見了，讓人注意到他精緻俊秀的容顏，如春風和煦，芳蘭薰體，儼然一濁世無雙佳公子。

如玉如月，如此溫潤。

騙人的吧！所有部曲在內心吶喊。你誰啊?!怎麼頂著少主的皮出現了？何方妖孽?!

陳祭月的嘴角不受控制的抽了抽。你們……能不能別把心思都明明白白的寫在臉上？

「……少主？」金鉤顫巍巍的輕喚。

得來的是陳祭月凶光四溢、威儀沉重的一瞪。滿院子的人不約而同的鬆了口氣，紛紛誇獎十七娘子的繡工真是沒得說得好，穿在少主身上太合適了之類的。

陳祭月氣悶的不想說話。

「陳少主，您這樣不像啊。」拉門出來的陳十七嘆息，「您不是答應我了？就裝一天嘛，反正您天天都在裝。」

他沒好氣的瞪向陳十七，卻跟院子裡的部曲一起進入石化狀態。

這是第一次，他們看到素面朝天的陳十七化了妝。其實吧，她並沒有濃妝豔抹，只是薄薄的撲了一層香粉，讓原本病白帶青的氣色好些，淡掃柳眉，向來慘澹無色的脣，細細的描繪了和紅得近乎黑的廣袖罩衣同色的口脂，在口脂上抹了一層防龜裂的油。

就這樣而已。但僅僅如此，就像是蒙塵明珠拂去灰塵，藹藹含輝。微笑的時候，形狀優美的脣蜜蜜的，讓人微微心顫。

銀白的長髮梳了個墜馬髻，只用兩根純銀釵固定，環繞以半含金蕊的暗紅宮紗月季，垂墜於鬢後，異常惹眼。耳懸兩滴墨紅瑪瑙，就再也沒有其他首飾。

暗金暗銀線繡在紅得接近黑的廣袖罩衣上，金葉銀刺墨綠藤，華麗得接近囂張的闊繡於袖口沿邊，足足有三指之闊，前襟飄墜幾朵不落地的半凋月季，最最引人注目的是修長的花枝和花瓣構成的優美線條。

但真正的囂張，卻是後背那幅氣勢萬千的雪白月季。像是活的，實實在在的栩栩如生，讓人擔心會從衣服上飄落下來。垂首的碩大花朵，飄瓣如雪，像是剛從土裡拔出來沖了泥，細細的根蜿蜒而盡，像是隨著拖曳的衣襬入了地。

大膽到簡直跋扈，接近不可思議，卻融合的這樣和諧完美。

同樣是月白廣袖深裾，同樣是罩衣比深裾短一寸。卻襯得那件過分囂張華貴的罩衣多了幾分柔和。平纏腰上面繫著長長的蝴蝶絡子，飄飛在月白深裾前。

扶著竹杖，蹬著木屐，施施而來，銀髮鬢邊杯口大的宮紗月季輕顫。神情那樣貞靜柔和，像是散發著月季淡淡的香氣，一行一止，果然錦繡徘徊。

所謂麗人，不過如此。

陳祭月垂眸看她，不知不覺已經把過度強烈的威儀收斂起來，甚至是有些哀傷的溫柔。

看看她，你們，看看她。她現在很美對吧？真的。像是被修復的破碎牡丹甜白瓷，終究能恢復原貌一二。

但卻更讓人不能忍受不能原諒。

她原本應該更美更明豔，號稱不使胭脂污顏色的陳徘徊啊！她應該旺盛芳華，更讓人屏息才對。現在的美只是殘餘。

無法原諒。

「哦，少主現在的表情很不錯呀，比我想像的還像。」陳十七詫異了。「我知道你挺會裝，卻沒想到能裝到這地步，太不簡單了。」

原本心痛得無法呼吸的陳祭月，不但很快能夠呼吸，連心痛都揮發殆盡。

這可惡的南陳女人。

「好好好，別瞪我。我知道裝模作樣很累，先鬆快鬆快。」她把竹杖遞給鐵環，「要去拜壽撐著杖不大好看，今天就麻煩金鉤鐵環扶我了……」

陳祭月冷著臉擠開鐵環，忿忿的伸手。

「現在開始？」陳十七更訝異，「不用吧，還不到好戲開鑼的時候……」

陳祭月真的再也忍耐不住了。

「閉嘴。」他咬牙切齒的說，「現在是妳求著我了……所以，閉嘴。」

不然他不知道能不能忍住掐死陳十七的衝動。

服侍陳十七的部曲頭子吳應，不但有一手好武功，更有一手少人匹敵的御車之術。加上北陳部曲強悍的偵查能力，所以可以穩當當的殺出，恰恰好的將馬車停在柔然公主車駕之後。

這一日是鎮國夫人七十壽誕的正日子，可惜貴如皇帝都沒這福氣登門。即使年紀已然半百，陽帝對這位亞母鎮國夫人親愛之餘，還有些許敬畏。

畢竟第一個抄起棍子揍他的就是鎮國夫人，他既慈愛又嚴厲的亞母，最初總是最難忘。

所以只能在前一日帶著皇后來吃了頓便飯，就被鎮國夫人趕回去了，孝心很沒有發揮的空間。

所以鎮國夫人壽誕大宴三日，第一天首宴親戚，陽帝就用「亞母」這個名義把皇親都塞來隨宴，堂而皇之的表示一種態度：母后鄭太后過世了，可朕還是有娘的，特別是皇親眼睛睜亮點，尊敬點，別不把朕的亞母當一回事。

亞母宴親戚，只能敘家禮不敘國禮，哪個不長眼的敢砸場子，朕親自帶御林軍去砸你家。

還別說，鎮國夫人六十壽誕的時候，皇帝的堂叔奉遠郡王傲慢的要鎮國夫人行國禮，鎮國夫人是折腰了，但陽帝第二天立刻帶御林軍去砸了奉遠郡王府，讓堂叔郡王爺嚇得閃到腰。

「真的沒問題？」隨車騎著馬的陳祭月，非常懷疑的問。「這樣能行？」

陳十七撩開車簾，看著騎著一匹烏雲踏雪馬，越發風神俊逸的陳祭月，笑得寧靜溫純，「少主，像剛剛你看我那樣裝就絕對能行。」

裝……裝彼娘！陳祭月怒得轉悶火，但金鉤一聲輕喚，「公主下車了……十七娘子！真像妳說得……他們不進去在門口秀恩愛啊，光天化日之下……」金鉤捂臉了。

……她怎麼能料得這麼準？

「江山易改，本性難移。」陳十七輕笑，「少主，看你的了。」

陳祭月僵著臉，但陳十七抬眼看他，暗紅宮紗月季襯托下，銀髮如雪，雙十年華卻是百歲白頭。

車簾放下了，他卻心痛如絞，望著不遠處那個麗裝亮豔若牡丹怒放的柔然公主，如鴉黑髮看起來是那麼的扎眼刺目。

深深吸了口氣，他收斂向來銳利的眸光，稍稍放縱自己因心痛而起的憂鬱，含著清淺如春風的微笑，俐落的下馬，牽過烏雲踏雪，柔聲對車內說，「徘徊，看起來妳得下車走過去了……前面有公主車駕。」

徘徊。陳徘徊。原本豔笑著讓駙馬為她重插釵的柔然公主容光更盛，她等著能夠堂堂正正，當面羞辱陳徘徊的時候已經很久很久了。連怎麼羞辱、怎麼讓人抓不到錯處，都已經跟駙馬都尉商量得天衣無縫了……

她興奮的轉身，但臉孔又刷的一聲慘白。

他的愛馬烏雲踏雪，他最喜歡的羊脂墨玉簪。最愛菊的他，總是月白袍暗繡名菊珠光，墨青袍就繡墨玉菊。

只有他才會露出一寸的衫袖，不與世俗流同。也只有他才會有那樣的風姿，如玉如月，精緻秀美的令人如沐春風。

把臉轉過來，琢郎。不要看向其他地方。我就知道你沒有死，你只是生氣了遠遁而已。

柔然公主的臉暈紅，不耐的推開海寧侯，猝不及防的急步向前……然後大怒。

她的琢郎，溫笑著伸出手，扶下一個髮白如老嫗的女子。雖然是側著臉，卻是她很久不曾再見過的溫柔。

「琢郎！」柔然公主尖銳的叫起來，撲了上去，卻被海寧侯扯住，只是她眼中再也看不到其他了。

那個女子，那樣精緻絕倫的繡工，錦繡徘徊的陳徘徊！

「我就知道！我早就知道了！」柔然公主奮力掙扎著大罵，「陳徘徊妳這賤人！當初琢郎會冷淡於我，都是因為妳這賤人勾搭了他！琢郎你還不滾過來？本宮命令你過來！」

陳祭月差點裝不下去，但扶著他胳臂的陳十七，手緊了緊。

這個時候他真是萬分後悔，為什麼要答應聽陳十七的安排。

但他畢竟是睿智聰慧的北陳少主，兩榜進士，心智堅韌非常人可擬。所以……該裝的時候，他真的能多裝就有多裝。

端著春風溫暖般的微笑，目光疑惑的看向柔然公主。

「陳徘徊見過柔然公主殿下，駙馬都尉海寧侯。」陳十七微微欠身為禮。

海寧侯失神片刻，眼中有著強烈的驚豔。這個印象模糊的前妻，現在卻這樣鮮明的站在他面前。

銀髮琥珀瞳，有一種胡姬般的妖異美，卻溫雅端柔，潔淨而柔弱……扶著別的男人的胳臂。

他不由自主的扶腰拔劍，卻放開了柔然公主，一失了禁錮，柔然公主瘋狂的撲過去，卻被陳祭月一攔，利劍半出鞘。

「微臣大理寺司檔陳祭月，見過公主殿下、駙馬都尉。」保持彬彬有禮、溫雅的微怒，真的很高難度。陳祭月默默的想。他一定要記住這次的教訓，絕對不能再被陳十七坑了。

「大膽！」海寧侯呼喝，「在公主面前拔劍意圖行刺嗎?!」

「駙馬都尉這話，下官不懂了。」陳祭月單手歸劍，「是駙馬都尉先拔劍，下官只是護著徘徊堂妹唯恐誤傷罷了。」

柔然公主完全沒有注意到海寧侯的尷尬，只是怔怔的看著陳祭月的臉。

他不是琢郎？怎麼可能……他怎麼能夠不是。但她慌亂的想要憶起杜如琢的容顏，卻發現已經模糊。六年多了……她能記得他的喜好和打扮，卻沒辦法把他的臉記得很清楚，尤其眼前有這樣引人的一張臉，那樣相似的風華。

「琢郎你這是欺君！你連祖宗都不要了？改名換姓當朝官……這可是誅九族的罪……」

「殿下！」海寧侯到底恢復得比較快，他緊緊攢住柔然公主，「小不忍則亂大謀，想想您的心願，想想！」他壓低嗓音，「您不是想要讓陳徘徊受盡千刀萬剮之苦，讓她為輕慢您的罪孽死無葬身之地嗎？至於那個人是不是……總是要查的，而且一定查得出來……」

但海寧侯在殷切教妻的時候，陳十七視若無睹，只是偏頭看看陳祭月，兩個人跟公主和駙馬擦肩而過，然後陳十七淡淡的，勾起一抹妖豔的微笑，一瞬間的驚心動魄。

海寧侯失了言語，只追著那抹熟櫻桃般的蜜脣，像是被蠱惑般轉頭目送。

「……孫節！」柔然公主不容許與人分享丈夫，但更不能忍受自己的丈夫被陳徘徊勾了魂。

「別回頭。」陳十七淡淡的，「人家夫妻間的事，什麼琢郎，公主為什麼失態，爭吵些什麼，我們通通不知情。」

「……我還真想知道妳到底有什麼不知情的？」陳祭月外面強端著溫雅的皮，但那股寒冷的悚意又久違的爬上來。

陳十七的預測幾乎是百分之百的命中，完全如她昨晚所推演般。唯一出格的就是公主的反應激烈到讓他嚇一跳。

「有啊，」陳十七泰然低語，「我就沒料準公主殿下對前駙馬用情如此之深。」

「……我以為海寧侯並不在意妳。」其實他還滿期待海寧侯拔劍以後乾脆殺過來，雖然不能要他的命，但讓海寧侯躺個一年半載沒問題。

可惜有拔劍的膽，沒出劍的勇氣。那樣瞧著陳十七……他真想乾脆廢了那混帳的一雙招子。

「我說過，我很了解他。」她走得很慢，臉上溫然的笑柔和，「他特別喜歡胡姬，但又嫌胡姬體味重、粗野。而他特別喜歡的女人需有很美的唇，而且潤澤如熟櫻桃。」

笑著和迎賓的表哥表嫂行禮，她聲音很低的對陳祭月說，「知己知彼，百戰不殆。」

陳祭月發現那股很悚的寒意，已經將初春溫暖晴天轉為三九冰天雪地的冷酷。

有的人，特別是南陳那個叫做陳十七的女人，是絕對絕對惹不起的。

他突然有點同情那些得罪過她的可憐蟲。

柔然公主總是非常引人注目。陳十七微諷的想。不管是光彩奪目的好，還是囂張跋扈沒事找碴的不好，總是非常惹眼。從來不看場合，只看自己的心情。

公主車駕滯留這麼久，已經有許多人選擇步行過來……明天京城的輿論一定非常熱鬧，添油加醋，甚至面目全非的聳動。

人言可畏就是這樣殺人不見血。

但她還是保持著寧靜溫雅的表情，扶著陳祭月的胳臂踏入大門。

開國以來第三個皇帝，大燕尚不足百年，禮防還算鬆弛，不到嚴酷得被扯一下袖子就得上吊的地步。兄弟護送姊妹、丈夫護送妻子到二門內赴宴，還是很常見的事情，扶著胳臂之類的，還在禮防範圍內，不算踰矩。

這一段距離往往是相互打招呼的社交起始，混個臉熟，才不至於連親友的姊妹妻室都見面不相識的窘境。

今日在大門內附近卻格外多的南陳子弟滯留，引頸而望。來京半年有餘的陳家十七娘子，鉅子嚴令不准南陳子弟探視，沉寂至今，終於可以見到她了。

其實真正認識她的南陳子弟，只有兩個堂哥，一個堂弟，三個表哥在京。自她出嫁、生死大難，遠遁山陽，長長五、六年過去，物換星移，許多兄弟已經星散。

更多的是好奇的堂弟、表弟。這個傳奇性濃厚，常讓他們的哥哥懷念不已的堂姐或表姐，實在令人非常神往。好不容易有機會見到了，當然是希望第一時間看到她……

他們都聽說過陳十七髮傾似雪，聽說過錦繡徘徊。

所以陳十七一走近，第一眼就將她認出來。

不認識她的堂弟表弟，眼中出現訝異的驚豔。竟是胡姬似的病西子……應該蒼老的銀髮，卻似月季壓雪。比碧眼金髮的胡姬還美麗出塵……果然是少年就盛名於京的徘徊娘子。

但認識的她的堂兄弟和表哥，同樣驚豔，卻是一種慘傷的驚豔。她出嫁的時候才十五，尚未完全長開，還是稚嫩的少女。他們兄弟曾經惘然的想過，不知道已然明豔的徘徊風華正茂時，該是什麼樣子。

或許不是最美的少女，但兄弟姊妹相嘲時，唯一可以讓她大怒的是賴她小小年紀就塗脂抹粉……這個有些男兒氣的女孩子還當眾打盆水洗臉，證明她根本是素顏。

面不粉自白，脣不點自朱。那樣鮮豔的、生機勃勃、腹有詩書氣自華的美麗。最讓他們驕傲的姊妹。

但絕對不該是這樣。不是雙十就華髮如雪，不該是這樣傾頹掙扎如殘春之花，更不該是櫻凋落英的淒美。

慘不忍睹，卻移不開視線。

早知道那兩齣戲就該讓那對姦夫淫婦死得更淒慘血腥才對。認識她的兄弟傷痛的想。

在短短的寂靜後，認識她的兄弟湧上想護送她，陳祭月卻發出難以匹敵的威儀冷視，陳十七的兄弟不甘示弱的回瞪，不管認不認識陳祭月，目光倒是相當一致的不善。

「六哥，」陳十七喊著排行最大的六堂哥，「陳祭月陳大人認識吧？雖然不是我們本支，卻也是我旁支的堂哥。」

這下子，不認識的也注意到陳祭月劍穗的絡子……北陳蠻子的下任鉅子。

他才不是妳堂哥!!我們沒有北陳蠻子的親戚！

陳十七好脾氣的安撫這樣一觸即發的相互敵意，「六哥，我……我不好在姑祖母的壽宴扶杖，讓人看笑話。」

她溫雅的笑，和堂兄弟與表哥們一一見禮，再次介紹對她照顧有加的「祭月堂哥」，三言兩語，就莫名的消除了劍拔弩張的緊張氣氛，任她扶著陳祭月的胳臂，簇擁著她往二門去，讓許多被排擠的堂弟和表弟暗暗抱怨，更不要提其他好奇兼驚豔的外男。直到二門，才由鐵環接手，很不放心的目送她只帶了兩個婢女……

誰知道那對狡猾的姦夫淫婦會出什麼花招，會不會把好好的壽宴弄成鴻門宴，欺負他們病弱的妹子。

八堂哥忍不住問了，「蠻……陳大人，你家婢女行不行？」

陳祭月正設法把端雅斯文撿回來裝著，被問得差點裝不下去。深吸口氣，他溫聲回答，「應該比諸位大人加在一起還行吧。」

陳八差點捋袖子上了，被陳六一把攢住，非常低聲的說，「跟蠻子有什麼好理論的？有辱斯文。」

這下子換陳祭月想衝了。

好在這個時候，被太子和海寧侯左右護送的柔然公主過來了，非常一致的吸引了最高仇恨值，高到可以讓南北陳幾百年的陳仇舊恨都不值得一提。

只能說，南陳秉承著一肚子壞水的黑書生本色，都能儒雅的行禮如儀，陳祭月更大出南陳諸兄弟的意料之外，春風拂面的如玉君子，若不是太子暗暗推了柔然公主一把，又警告的看她一眼，柔然公主的眼睛快黏在陳祭月身上了。

陳八若有所思的仔細打量陳祭月，又看看三步一回頭的柔然公主，想了想，一抹壞笑悄悄的浮上來，好不容易才把嘴角抹平，熱情異常的招呼陳祭月，「陳大人，字呢，您一定是有了。可號應該還沒有吧？不如號……如琢？」

陳六和其他堂弟表哥露出恍然大悟的表情，更加熱情的附和，言笑晏晏。

這些頭頂生瘡，腳底流膿，壞透了的書生仔。陳祭月冷眼看這些太熱情的南陳子弟。不過他好歹也知道要遠交近攻，將仇恨的箭集中在最主要的敵人身上。

比方說，走在他們前頭，正與太子攀談的駙馬都尉海寧侯。

「他轉投……」陳祭月轉了轉大拇指上的玉扳指。

這些熟爛於會心的南陳兄弟眼神都變了，不約而同的點點頭。

陳八瞥了一眼遠處的大皇子，嘖然道，「鳥為食亡啊……雞蛋砸石頭。」

陳六輕喝他，「八弟！」

「八哥說得是。」陳祭月正經的回答，卻讓陳八沉了臉。

陳八一輩子最恨自己的排行，比他小的都喊他八哥，甚至跟他不太對頭的十六娘生日時送了他一對真正的八哥鳥，差點把他氣死。

「喊八哥哥！」

陳六沒好氣，「現在是計較這個的時候麼？」

他立刻放下關於排行的怨念，目光灼灼的和其他兄弟投向海寧侯，連陳祭月也不例外。

有很多方法可以羞辱駙馬都尉，但是光羞辱一點意義都沒有。背棄儲君轉換門庭……這個文章才能做大發了。大到能讓駙馬都尉痛不欲生。

慕容懷章那傢伙背後陰人最是一把罩。

南北陳的子弟第一次這麼和諧的輕笑起來，不約而同的轉著相同的主意，而且用別人意會不出來的閒話家常，就不聲不響的讓海寧侯跌入萬劫不復的深淵了。

進入二門之後，被迎入花廳等待拜壽，但比起兄弟們，陳家姊妹待陳十七就冷淡得太多。

不意外。

她在江南渡過童年，族裡姊妹遵墨的氣息濃厚，性情相投。上京以後，跟京裡的兄弟處得好，但和被京城習性深染的姊妹，處得很差……而且不是一般的差。

誰也不喜歡老聽到自家兄弟拿陳徘徊來相比，而且被嫌棄到不行。

陳十七也覺得，跟京城明顯拘謹許多，講究矜持的姊妹大半都合不來。真合得來的，要不就遠嫁，要不就保胎或待產……能來的不是年紀偏小還好攀比的，要不就是早早認識，但也交鋒得罪過的。

在大事上，的確可以態度一致的同仇敵愾，為的不是陳十七，而是江南陳家家聲不能辱。

但私交上，話不投機半句多，被冷遇是理所當然的。年少的時候，的確很欠考慮。被兄弟們寵壞了，沒對姊妹好好相處。陳十七默默的想。

但畢竟是一家人，她被安排在陳家姊妹親眷的最中間，不被那些皇親貴戚打擾。再不對盤，姊妹還是護著她的……因為她們都是江南陳家的女兒。

所以才更悔不當初……少年輕狂如斯，沒有好好把姊妹放在眼底。

男子不能在後宅久留，所以會齊了一起拜壽，七十歲的鎮國夫人，頭髮大半是黑的，面目慈祥，入鬢的眉和輪廓依稀可見當年的溫潤柔美。話語不多，從容安靜，只有見到陳祭月的時候，驚訝與傷痛一閃而過，微微滯了下。

面容倒是只有三四分像……長得好的孩子都有那麼點像。只是那種如玉君子的氣質，就把這三四分加到七八分，又是相似的打扮和穿戴。

有那麼一瞬間，她以為那個拜兒子當啟蒙之師，比親孫子還疼的嫡房堂姪孫杜如琢來為她祝壽了。

人老了，就會常常回憶過往。如琢年紀輕輕的去了，去得那麼荒唐疑點重重。不但生生慟死了如琢的娘，老夫人也大病一場。她真的感到後悔，難以言狀的後悔。

早早的，她就看出如琢對十七娘格外在意和羞澀，只是一笑置之。十七娘是個討人喜的，若不是江南陳家家規那樣嚴厲不可動搖，她家小孫子早纏磨著她把十七娘訂親下來了。

哪個少年不懷春，誰不喜歡這樣活潑聰敏又體貼的小娘子，大方開朗，長得又好。連她都喜歡得緊……總讓她憶起年少時的自己。

但少年都會長大，會知道有這樣的妹妹比妻子還值得慶幸。妹妹可以不管不顧的替她撐腰，一生嬌寵著她。當妻子很多時候必須看她被委屈，卻無能為力。

或許她錯了。可能，非常可能，雖然疼愛如琢，但總是更看重十七娘。如琢身子弱，她總擔心如琢年壽不永，杜家嫡房身分貴重卻後宅複雜……所以她緘默了。

結果這緘默，讓她這半截入土的老太婆，看著如琢死得不明不白，看著十七娘差點亡在她前頭，得到的只有休書一張。

如果早早替他們倆說親就好了。她若出面，一定不成問題。如琢只要等十七娘一兩年，就可以成親了。孩子應該滿地跑，說不定如琢會牽著孩子來為她祝壽。

而不是這樣生死兩茫茫。

「那是誰家孩子？」她低聲問著自己的長子。

鬍子花白的杜大老爺也低低的回，「聽說是江南陳家北邊旁支的子弟，現任大理寺司檔。」

鎮國夫人恍然。北陳鉅子的嫡長子。難怪她覺得很耳熟……陳祭月。就是他派人把十七娘接回京城，而且一直親自照顧著她。

可憐的孩子。鎮國夫人微微彎了嘴角。十七娘最大的缺點就是太討人喜歡，而她太習慣哥哥們的各種寵愛，對那小娘子來說，喜歡只有一種，就是兄弟的喜歡。

這實在太可憐了，北陳的小夥子。

規規矩矩祝完壽的陳祭月，看到鎮國夫人慈祥的面孔浮出一絲淡淡的笑，有種似曾相識的悚然寒意悄悄的爬上脊椎。

果然是陳十七嫡親親的姑祖母。連笑都能笑得相同的溫雅，卻也同樣大禍臨頭般的悚。

男賓賀畢，退出內宅開宴，換女賓上前祝壽。倒是一團喜氣洋洋，比起男賓們要熱鬧多了，皇親比正牌的親戚要親熱奉承，連向來目中無人的柔然公主都格外笑靨如花的盈盈下拜，當場就吟了一首賀壽詩，引起滿堂彩。

柔然公主願意的時候，真的非常討人喜愛。十七娘有的優點她幾乎都有。可惜最重要的「體貼」，她不但沒有，甚至還逢高踩低……踩死也無妨。

鎮國夫人淡淡的稱讚兩句。人到這個年紀，最大的好處就是連敷衍都看起來很誠懇。

等熱鬧完了，一一入座，一直站在角落的陳十七才扶著鐵環的胳臂，一行一止，緩緩的走上前祝壽。

有那麼一瞬間，原本轟鬧的正廳安靜了下來，針落可聞。

即使不太對盤，但不得不承認，總有些人，就算被摧折到僅餘斷垣殘壁的地步，依舊有種氣度風骨是連死亡也毀不掉的。

她願意的時候可以垂首安靜，泯然於眾人。但她想的時候，即使腳步蹣跚，髮白若老嫗，可氣度儼然，完全撐得起那件華貴到囂張的麗服，不由自主的意會到，錦繡徘徊。

衣服錦繡徘徊，錦繡詩文令人徘徊。

她鬆開鐵環的胳臂，有些吃力的深福為禮，「祝姑祖母康健如少。」

「十七丫頭，妳打發叫化子？」鎮國夫人輕瞋，「賦可以免了，但詩少說也做一首來。」

「姑祖母，小姑娘才詩詞玩笑博才名，十七娘不小了，早過雙十。」陳十七垂眸淡笑。

柔然公主的臉立刻拉了下來，幸好還有些微理智沒當場發作。

只有她當堂做詩，其他人只有賀詞對子而已。到底誰也不想跟嫡公主殿下詩詞爭鋒。

鎮國夫人招手，陳十七微跛著走近，讓太夫人將她拉到身邊坐著。

「姑祖母老了，但這麼一畝三分地還是能為妳遮風避雨。沒事就來坐坐。」鎮國夫人輕輕拍她的頭，嫌棄的說，「我七十歲的人了，黑的頭髮還比妳多。」

陳十七很認真的說，「那當然……十七娘已經找不到一根黑的頭髮了。」

「瞧瞧，還值得說嘴呢。」鎮國夫人笑罵。原本凝固似的氣氛才鬆懈下來，滿堂女眷都笑了。

陳十七跟著笑，湊近鎮國夫人，聲音壓得只有太夫人才聽得到，「姑祖母……我比較喜歡櫛風沐雨……自己來。」

「妳這愛鬧人的小丫頭。」太夫人表情溫愛的看著她，眼神卻不是那回事。**別太過了**。太夫人瞋著看她一眼。

「哪有鬧。」陳十七微偏著頭，笑得溫婉純潔，「十七娘一直都是最有分寸的。」

雖然還是不大放心，但鎮國夫人仔細回想媳婦們鉅細靡遺的規劃，應該能將意外降到最低……

別有笨蛋不管不顧的衝去惹十七娘就行了。

親自扶著鎮國夫人的杜大老爺嘀咕了一聲，「剛還真嚇一跳。要不是陳大人之前任推官的時候我兼任過大理寺少卿，不然還認不出來，我還以為……」他硬把「如琢」這兩個字嚥下去，「今格兒他真是判若兩人。」

「哦？」鎮國夫人看著杜大老爺，人稱小杜學士的兒子，頗感興趣的問，「不然先前是怎樣的？」

小杜學士只短短兼過幾個月的大理寺少卿，對這個萬年不升官，一升就去坐冷板凳的年輕人倒是挺有印象，思索片刻。「銳氣。如良劍在鞘，不出自銳。」

所以他才納悶，長相還是同樣的長相，怎麼像是換了個瓤子。

鎮國夫人只頓了頓就啞然失笑。她的兒女已是杜家人，所以對江南陳家的真正底子不甚清楚。

但她終究是在京江南陳家輩分最高的長輩，有什麼要事都會派人來稟告一聲。

十七娘這鬼妮子，還說什麼最有分寸。北陳那可憐的小夥子跟她所有的哥哥一樣倒楣，連嬌兒都不用撒，隨便求兩句，天上的星星都願意摘給她，何況只是裝裝樣兒。

呢。

只是連她這老不死的老太婆都怔愣了一下……公主殿下不知道怎麼翻江倒海

孫媳婦兒已經悄悄過來說八卦湊趣兒了，害她笑得太深。

兒孫孝順，不管真不知道還是假糊塗，從來沒告訴過她如琢真正的死因。她沒追究是因為就算知道也不能如何。她得顧念兒孫的孝心和苦心。

但不代表她一無所覺。

十七娘真是狠了點……但狠得極好。終於終於，年少時只浮於表面的聰敏沁入骨子裡了。不枉她吃了那麼多苦，死去活來被荼毒蹂躪一番，徹底的長大了。

原本要兒媳孫媳看著她些……鎮國夫人還是決定順其自然了。

不知道十七娘能不能給她更多驚喜？她熱切的期待起來。

倒是被姑祖母非常期待的陳十七並沒有太出格，畢竟是嫡親姑祖母的壽宴，幾句老生常談的冷語，不算什麼。那個沒趕上驚雷的宮梅縣主比較有創意，冷笑著對其他皇親姊妹說，「我不知道大燕朝的禮教鬆弛到這種地步了，下堂婦居然還能服紅。」

佔理又佔禮，比她其他幾個腦袋空空的皇親國戚好多了。

只是沒人能把話接下來，一時冷場。

的確，下堂婦和寡婦這類女子，通常穿著素淡為主，很忌憚穿紅服，這是此時大燕服飾上的禮防。

但今天，卻是鎮國夫人七十大壽。來拜壽總不能穿得一身寡淡的來觸霉頭吧？陳十七這一身，華麗得囂張，精緻絕倫。但要說是紅衣……這顏色選得近乎黑，這樣凝重的顏色叫殷紅，別稱寡婦紅，就是不得不在喜慶場合出現時，這些棄婚女子可以穿的顏色。

陳十七沒有正面回答，反正也沒對著她說。她只是轉頭跟鐵環講，「禮之一道，博大精深，知之為知之，不知為不知。寧可少挑人一句，最少不會鬧笑話。」

宮梅縣主變色了。「有什麼話當面講，不要鬼鬼祟祟的背後說小話！」

陳十七扶著鐵環的胳臂，筆直的從她面前走過，眼睛連偏都沒偏一下，無視到底。

誰知道妳在跟誰說話。

鐵環倒是笑咧了嘴，金鉤暗暗扯了她一下，努力將自己的嘴角板平。

果然話不用多，甚至可以沉默。最高境界的羞辱原來是無視。

宮梅縣主又不能上去賞陳十七耳光……在鎮國夫人的壽宴冷言冷語幾句可以，打人鬧事兒？嫌家裡太平安麼？想到奉遠郡王的慘狀……她不得不縮了。只好求救的看著向來交好的柔然公主。

柔然公主倒是蠢蠢欲動，可惜之後匆匆趕來，懷胎剛滿三個月的太子妃寸步不離的盯著她。她雖然膽大到無法無天，終究還是有剋星。一個是她父皇，一個是太子哥哥。

別的時候，她可以不甩這個親嫂子。但此時，太子妃肚子裡懷著太子哥哥殷殷企盼多年的孩兒。不要說動手什麼的，就算是把太子妃氣著了，回去抱著肚子鬧一鬧，太子哥哥都能活剮了她。

她又不傻。太子是她親哥哥，未來是皇帝。一母同胞，皇后娘娘也就生了他們一子一女。只要她不謀反，太子哥哥的腳步站穩了，背靠著至高無上的大靠山，才

有未來長久無憂的好日子

她厭惡的看了一眼淡漠的太子妃，還是轉頭不理宮梅縣主，更不去多看陳十七……什麼嘛，才貌雙全的錦繡徘徊？嗤，醜怪得讓人下不了眼……活該！

柔然公主心情很美麗的談笑，高談闊論的論詩評詞，容光煥發、心情明朗得簡直過分。

入宴時，她和江南陳家與杜家親眷坐在一桌，席次距離杜家至親與皇親有點遠。

她倒是冷眼仔細看了柔然公主幾眼，含笑著放棄了天干地支可以輪三回的應對。

膚如凝脂美玉，心神明朗得太過頭，雙頰泛霞暈，初春就頻頻飲寒涼之食，穿著極薄的夏衣。當她惡意的看過來時，身邊的女官低語，就能讓她轉開視線。

入宴時，身邊只能留一個侍女，她點了鐵環。鐵環耿直單純，武力高強。她是答應姑祖母要有分寸，卻不代表她被鬧事不會反擊。

只是她精密的計算出現了很大的差池。

她低聲問鐵環，「聽得到那位公主女官說什麼嗎？」

鐵環很認真的凝神，「只能聽到一點點，說惹駙馬不高興，就不給什麼了……那個我聽不清。」

果然，如此。

駙馬都尉海寧侯，找到了能夠牢牢控制住公主的方法了。

柔然公主此時應該發低熱、亢奮，接近反常的歡快愉悅，口渴，求寒涼之食。膚白若美玉，應該是服食了有段時間了。

難怪她會乖乖聽話。不只是太子妃盯著，最重要的是五石散的功勞吧？男子蛇蠍心腸起來比女子厲害得多。

開國前據說凰王傅氏強禁了幾種藥物，當中就有又稱寒石散的五石散。開國後，大祖皇帝也沒有弛禁。

海寧侯膽子真是大……今日皇室宗親幾乎都來人了，服食五石散的效果很容易被看穿。很可能在門口鬧過之後，海寧侯悄悄的讓原本還沒服藥的柔然公主吃了五石散。

坦白說，嫡公主這樣的身分，真的不謀反，別大庭廣眾之下抄刀殺人，不作死就不會死。

可惜她作死了。

而挖坑讓她作死的是現任駙馬海寧侯……五石散初服的確美容顏、悅心怡情，百病消除。但終究有毒性，服食的時間越長，越對五石散有依賴性，卻會漸漸枯槁，神不歸宅，最慘的不是狂呼而死，而是乾脆的毀了心智，癲狂一生。

果然人生處處是變因。

她的確沒想到失手害死前任駙馬的柔然公主，將來會讓現任駙馬用這種方法害死。

把海寧侯估得太良善，所以才會偏差算計到這麼遠。看起來，她真的得好好的調整這個重大變因所引起的偏差。

除了這個巨大變因導致的偏差，其他就真的乏善可陳，非常老套。老套得陳十七都對這些參與者感到悲哀了……她有位堂哥養了隻豬當寵物，不但很愛乾淨，而且聰明……幾乎有個五歲孩子的聰明程度了。

所以她對這些老套到不行的陰謀參與者，根本不想拿豬來比……太侮辱豬了。

宴席上，她端坐著，對各式各樣往她身上栽過來的食物湯飲視若無睹。唯一讓她動容的是，上菜的小婢屢敗屢戰、越挫越勇，最後飛了一大碗熱騰騰的蓴菜魚羹湯潑灑過來。

她原本以為這次鐵環終於兜攬不過來了——之前都異常輕鬆的先讀到可怕的地步，不管倒的是菜是水都能預卜先知般扶好接住菜盤水杯。

但這恐怕是一潑好幾個人，這種勾芡過的羹湯看起來沒冒煙，卻是最燙不過。

誰知道，鐵環疾迅如閃電般，接碗、兜湯，真接不住的幾湯匙，她揮掌生風，硬生生的把非固體的蓴菜魚羹揮到那個小婢身上，所有在座的人都安然無恙，鐵環出掌的手，不要說燙紅，連沾都沒沾上一絲半點。

哇喔！陳十七對鐵環徹底改觀了。鐵環自言在俠墨諸部曲中，她大約是女孩子裡的武魁首……要不就是太謙虛，要不就是替北陳的男人保留面子。

鐵環擰緊了英眉，沒好氣的對那個又哭又叫、梨花帶淚的小婢說，「不會上菜就不要上菜！什麼都往我家娘子身上栽，我們家娘子跟妳有仇啊？」她仔細看了看那小婢，詫異了，「妳不去服侍妳家什麼梅的縣主，跑來充什麼杜家婢？」

陳十七垂眸飲茶，硬把笑聲和茶吞下去。帶鐵環在身邊，果然是太睿智了。

但鐵環話一出口，發現滿桌尷尬的沉默，隔了幾桌的宮梅縣主臉色忽青忽白，看起來快爆炸了。

……我是不是，給娘子惹麻煩了？這破嘴，趕那麼快幹嘛？

她憂慮的看向陳十七，卻見十七娘子眼神發亮寬容，鼓勵的對她微微一笑。

哎呀，我可以想說啥就說啥啦！好棒啊～

「不要以為我沒看到哈！妳家縣主帶了兩個人，一個現在就在她身邊服侍，妳呢？妳為什麼穿著杜家婢的衣服在此渾鬧？今天是我們娘子姑奶奶的好日子，難聽話我不說了，日後想讓我親手種掉，直接找我就行了，不用老往我家娘子身上倒菜倒湯！」

宮梅縣主的臉孔先是脹紅，觸及柔然公主「連這點小事都辦不好」的眼神，又發白了。

想巴結太子不容易，太子妃性子那樣寡淡，油鹽不進。皇后娘娘這些年深居簡出，連鳳印都扔給太子妃管了，巴結也沒用。只有跟太子一母同胞的柔然公主還巴結得上，雖說大富大貴不可能，但是不過分的小恩小惠，柔然公主倒是很痛快的應了——對她百依百順就行。

最重要的不是那些小恩小惠，而是能透過柔然公主抱住太子這條大腿。在皇親貴戚中，血脈已經有點遠的縣主，也不是好混的。

公主命令她設法污了陳徘徊的衣服，至於到底要做什麼，她才懶得操心。反正是很容易的事情……誰知道應該很容易，卻困難得鑽之彌堅。忙活幾天，杜家婢一個也收買不到，花了大量財貨才收買到一個漿洗婆子，弄了一套杜家婢的衣服來。

嬌紅素日看她是個伶俐的，誰知道這麼簡單的事情也辦不好。

只好先聲奪人，將筷子往桌上一拍，「還給不給人吃飯了？一點小事，有什麼好吵的？來人！先把這兩個沒有上下的刁奴拖下去！」

如果是一般內宅宴客，大概也是這樣處置。表面的和諧順利最重要，真擾了那些小心眼的貴客，那才是真的麻煩透頂。

但小杜學士夫人，卻只是笑咪咪的看著，還使眼色讓兒媳婦們乖乖坐下。

鐵環看不懂那些彎彎繞繞，不樂意了，「縣主娘娘，我記得妳好像姓慕容吧？妳怎麼比杜夫人還威風啊？你家就是我家？也太自來熟了。」

宮梅縣主竊喜，用大怒掩飾，「大膽刁婢！居然敢在本宮面前你你我我的？忒沒有家教！既然你家主人沒好生管教，說不得本宮……」

「縣主娘娘，稱妳一聲娘娘妳就找不到北了。」鐵環鄙夷，好歹她是知禮尚氣的墨家子弟好不？墨家當然也講禮，而且比儒家還講究多了。畢竟墨子反對的是繁文褥禮，力求簡禮。但就是禮越簡越需要鄭重對待。

她毫不客氣的說，「妳呢，不過是個縣主，不能自稱『本宮』。我呢，是陳家的婢子，卻不是縣主妳的婢子。我待十七娘子自然會自稱奴婢，但沒有必要對其他人自稱奴婢。主義僕忠，這麼點上下之禮，妳不懂？」

這下縣主是真正的怒了。「我堂堂二品誥命，處置不了妳這麼一個小婢子?!」

「喔，縣主娘娘還真處置不了。」鐵環直心腸的頂撞回去，「皇上有令，鎮國夫人壽誕，敘家禮不敘國禮。妳跟我家娘子都是來赴宴的客人，講親疏，鎮國夫人可是我們十七娘子的姑祖母，姑祖母是什麼妳知道嗎？就是我家娘子親爺爺的親妹子。十七娘子是鎮國夫人嫡親親的姑表甥孫女兒，縣主娘娘，妳是我家鎮國夫人的誰啊？

還有喔，別模糊焦點了。縣主娘娘妳說清楚，為什麼這個老想在我家娘子身上倒湯倒菜的婢子，會是妳家的？妳到底想幹嘛？」

所有的人都在看她的笑話。她居然被一個卑賤的婢子擠兌了。她千不該萬不該親自跟個婢子鬥口，大失身分。

她拿帕子拭了拭眼角，泫然欲泣，「杜夫人……」

依照後宅慣例，杜夫人不是該出來打圓場，讓宴席平安進行嗎？有什麼不是，也留待宴後私下說，到時候她認個錯就是了。也不是什麼大事，就是讓自己貼身婢女去上菜，就說是惡作劇就行了……再不行，就把柔然公主供出來，杜家也不能怎麼樣不是？

但小杜學士夫人只是保持著禮貌的微笑，「十七娘這丫頭，實在身手極好又有趣。叫做鐵環是吧？」她回頭看著自己貼身婢女，「見天的說嘴，結果不及這個鐵環妹妹一拎兒。那些宮紗花兒給妳們戴才是糟踐了，等等勻兩枝給鐵環妹妹戴去。」

婢女笑著應下，杜家其他的夫人親眷跟著打趣，氣氛又活絡過來，像是宮梅縣主引起的騷動和委屈不值得一提。

鐵環滿腦子官司。怎麼這樣？還沒爭出個輸贏呢，怎麼光打賞她，然後就放置不論了？

她還想說話，卻讓陳十七悄悄的扯了扯袖子。

十七娘子不讓問了。鐵環有些鬱鬱。還沒過癮呢……結果那個縣主的婢子不知道什麼時候走人了，讓她更氣悶。

不過那個什麼梅的縣主，比她鬱悶得多，臉色都暗青了。鐵環不但心情好多了，甚至有點洋洋得意。

陳十七拎著帕子貌似輕拭嘴唇，事實上是無聲的悶笑。直心腸的老實人用在該用的地方，效果真是出乎意料之外的好。

好鋼果然要用在刀口上。

本來老套到不行的後宅陰謀，被鐵環這一攪和，顯得很有喜感，沒那麼無聊了。

其實吧，這招真的很老梗。污了衣裳，她當然得離席去換衣服。雖說杜家治家很嚴格，但這大喜的日子，人馬雜沓，總是很容易有漏洞。勾結一個杜家的不肖子弟就行了，陳十七會被引到什麼地方更衣真是天曉得。

更衣的時候會發生什麼事情……只能求老天保佑不要太狗血。

也是啦，憑公主殿下塞滿詩詞歌賦、風花雪月的腦袋，也只能擠出這麼一點點老套得讓人發笑的陰謀……甚至連詭計的邊都擦不著。

原本鎮國夫人七十壽誕她會如此慎重以對，只有兩個原因。

第一是，鎮國夫人是南陳在京輩分最高的長輩，這天是最理直氣壯、無處說嘴，最能堂堂正正拜見姑祖母的日子。

第二是，她於北陳的任務已完成，而每年冬天就跟枯死沒兩樣的她，終於跟著天氣回春了。她可以趁這個機會，宣告陳徘徊正式回到京城的交際圈。

這才有趣，能把戲華麗堂皇的開唱。

至於其他的，不過是牛刀小試的消遣。除了海寧侯膽敢餵公主吃五石散這個意料之外的巨大變因，其他的並沒有超出她的意料之外。

甚至拜辭將離，公主排眾而出的堵人，一點點意外的感覺都沒有……太理所當然了。濃重的惡意卻讓她鮮豔的姿容……更加華豔不可逼視。

站在階上，居高臨下的俯視陳十七，柔然公主笑得很美，美得幾乎會燃燒，嘖然道，「其實呢，還是徘徊花沒錯……只是晒得只剩下霉爛的花乾，連泡茶都不能呢。」

陳十七仰首，慢慢的沁出一個寧靜的笑，「公主殿下，妳我仇隙已深，看在懷章兄的面子上，我就不株連了。京城名醫甚多，太醫院上下登得名冊的也有半百之數。所以您有任何不舒服，徘徊都必須迴避，勸您早早另尋良醫才是。」

瞧不起陳徘徊是一回事，被當眾拒醫，丟了顏面，卻是另一回事。

柔然公主昂起優美如天鵝的頸子，「過了這一日，妳以為藐視皇親會沒事嗎？」

陳十七輕柔的笑，「大燕律法翻遍，也翻不出大夫不願登門看診，是藐視皇親之罪。再說了，我既不在藥舖坐堂，也不是串街走巷的鈴醫。除了對不孕略有心得，其他醫術實在上不得檯面。當然不敢、更不願為公主效命，大燕律也治不得我。」

她能治不孕。柔然公主美豔的笑凝滯了一下。不對，不可能。她絕對是在唬人的……大概讀了幾本醫書就諱莫高深。

陳徘徊只是想看她屈膝哀求而已。

「妳竟然敢這樣跟公主說話！」宮梅縣主試圖補救辦事不力的失敗，趕緊的為公主喉舌。

陳十七轉過來看宮梅縣主，臉上的笑已經完全消失，冰冷的深琥珀瞳孔像是可以將人刺穿過去，「至於妳，縣主。我忍妳一天了，終於不用再忍。我也不要株連太廣，妳既然嫁到廣和伯府，那一府的人，我就不看了吧。」

「有什麼了不起？」宮梅縣主冷笑，「妳以為妳是華陀扁鵲，還由得妳挑挑揀揀呢！……」

「我就是不想當華陀扁鵲。」她扶著金鉤的胳臂，轉身緩緩走開，「那些神醫，哪個有好下場？妳指一個給我看。」

當然，現在她們不信，認為陳十七故作玄虛，她完全可以了解。

但只要子嗣依舊是重中之重，她們就會後悔，非常非常後悔，並且眾叛親離。她會用時間來證明，結果一定非常有趣。

陳十七笑了。溫雅而平靜，像是她背後美麗的雪白月季。

來的時候只有陳祭月護送，回家的時候卻多了兩個堂哥、一個堂弟、三個表哥騎馬相送，把陳祭月擠得老遠，他那威儀過盛的氣勢都沒能對這群南陳兄弟造成一絲半點的影響。

但他能生氣嗎？不能。若不是這幾個排行靠前的兄弟吆喝驅趕，恐怕簇擁上來的兄弟會更多。

陳十七也太能招人了。他忿怨的想。

可陳十七只讓兄弟送到宅子門口，就笑著催促他們趕緊回去。都不小了，把妻兒扔著來送她就已經太過，以後絕對不能如此。

她薄嗔幾句，就讓這些黑書生乖乖的回轉，很讓陳祭月刮目相看。

「少主吃了一路灰塵還不夠？」撩開車簾，陳十七詫異的看著陳祭月，「怎麼突然客氣起來？進來淨個臉喝杯茶吧。」

陳祭月的心情突然光風霽月起來，一整個晴朗。

梳洗後，陳祭月在廊下等了會兒，陳十七已經換了家常深裾，連綰髻都懶了，拖著將到小腿的銀髮，扶著竹杖，僅著白襪走過來，坐在陳祭月對面的茵席上。

姿態嫻靜優雅，卸去脂粉後露出憔悴慘白的病容，卻讓陳祭月覺得這樣順眼無比。

他心情很好的大度原諒了那些南陳黑書生把他擠出護送行列，「太子爺已經知道海寧侯轉投大皇子。」

陳十七愕然片刻，噗嗤一笑，「忘了叮囑你一句……你跟我那些兄弟真是相見恨晚，唯恐天下不亂之輩。可這種奪嫡站隊之事，不管是南陳還是北陳，都不該沾手的。」

「晚了。」陳祭月毫不客氣的戳破她，「從妳親哥哥與太子爺同窗為莫逆，又得妳之助有了子嗣，你們早就被綁在太子爺的馬車上了。」他頓了下，說不出為什麼微酸的不滿，「妳還是自己跳上馬車的！」

「我是大夫，行醫治病不過是本分。」陳十七泰然自若的回答，「而我家九哥早跟懷章兄割袍斷義。」

又來了。

「我跟妳那些哥們也不是笨蛋。」陳祭月沒好氣的回，「不能像妳置身於千里之外，百里總是辦得到的。再說了，大皇子身邊已經攏了一群文官武將，太子爺卻誰也沒攏。」

陳十七抬袖大笑，「夠明白！文武百官未來都是他的朝臣，懷章兄何須攏人？」

她很欣慰少主和南陳兄弟都是明白人，沒有傻呼呼的去搶什麼從龍之功。不站隊才是真正的站隊。陽帝和懷章兄與歷代皇帝和太子的關係大不相同。別的皇帝太子，先是君臣然後才是父子。陽帝和懷章兄卻先是父子才是君臣。這對皇家父子可能空前絕後的彼此信任愛重。

她真覺得那些妄想從龍之功的文官武將，腦袋是否卡殼卡到出毛病。看看吧，大皇子和二皇子已經出宮建府，卻連個郡王都沒封，府第很尷尬的掛著「皇子府」。

這完全說明皇上的態度了。

對宗室女，皇上就寬鬆很多，封號給品階。對自己的皇子卻特別嚴厲，連號都不給了還妄想稱王奪嫡。

這些白日做夢的文官武將還指望什麼從龍之功。還好還好，陽帝幹得不錯，調教出來的文武百官大多數都還有點眼色，只有一小撮人把腦袋卡壞了。

「海寧侯居然餵公主吃五石散。」陳十七感慨，可陳祭月的反應大出意料之外。

「真有錢。」他只詫異了一下，「金山銀山還未必吃得出一個神仙呢。」

陳十七緘默片刻，「五石散有毒性。」

「沒有吧？五石散是金丹。當初凰王禁五石散的時候，聽說鬧得很凶。禁別的也罷了，禁金丹等於絕了那些富貴人家的成仙之路啊。不過禁歸禁，窮人吃不起，有錢的還未必弄得全材料配方，找得到人開爐煉丹。妳不要看好像都遵守禁令，事實上偷服的人還真的很有幾個，非富即貴。」

他的語氣很諷刺，卻不覺得給柔然公主吃五石散有什麼奇怪的地方。

陳十七沒想到自己也會卡殼，最後失笑了。

是，不涉獵方脈正宗的少主大人這樣的認知，才是大燕大眾普常的態度。五石散流行起於魏晉，位為金丹之列。一般服丹而死都認為是屍解成仙，若癲狂失魂，通常都以為是走火入魔，與成仙失之交臂。

「丹毒」這個辯方課題，還只有少數大夫信服，江南陳家從凰王禁五石散開始注意並且研究，才正式確定了「金丹有毒，五石散其害甚厲」的結論。

的確，禁令歸禁令，但距京甚遠的江南，偷服五石散的人還不少，有很多病例脈案可查，她自幼學醫，幾乎是根深柢固的理解丹毒之害。

所以一下子沒轉過來，也因此暗暗佩服了一下海寧侯背後的大皇子。果然博學廣記，連只有少數專精的大夫才知道的丹毒，都能拿來透過海寧侯控制住柔然公主。

或許她不該意外。

能夠不聲不響的把手伸入東宮，用非常冷僻的食物刑剋知識，導致男子不孕……若不是江南陳家一直精進方脈正宗，並且從藥物延伸到食物的藥性相輔相剋，就算是御醫院使也摸不著頭緒。

大皇子的生母慧妃，是為兒效力還是家學淵博，真很值得查上一查。

陳十七心情挺愉悅的詳論了五石散丹毒之害，很循循善誘的傳授講解了方脈與藥性，相當深入淺出。但少主大人並沒有覺得很感激，因為陳十七愉快得實在很瞧不起人。

「……我能把人的腸子洗淨塞回去縫合，十個裡頭能活七個，妳能麼？」他也不是完全不會切脈好嗎?!對，他頂多就是能開些止血固元的方子……但也不是一點醫術都不會可以嗎?!

「噢，這我倒是真的不會。」陳十七驚嘆，「真厲害。果然北陳外科正宗是很強的……若是能多學點方脈正宗，真沒我什麼事了。」

少主大人並沒有因此覺得好一點。

陳十七就是這點最討人厭。被誇獎時還是讓人覺得被羞辱。

他一定是腦筋抽了才沒事來給陳十七消遣著玩。

陳祭月難得的憂傷起來，連陳十七留他吃晚飯都沒能泯滅那股奇妙的哀傷。

* * *

對手升級成大皇子，陳十七不太喜歡這個巨大的變因，但也沒太放在心上。

其實跟聰明人博弈反而省心省力，不會有太異想天開的突發奇想。他們總是能夠抓到重點，把心力專注在主要目標上，除此之外，相反的還會遏止手下旁生枝節，製造過多不可掌控的變因。

之前會讓海寧侯出手將她陷入「庸醫殺人」的陷阱中，是唯恐她的醫術能讓太子有子嗣，現在已經確定太子妃有孕，而且東宮應該進行了一番整治和清洗，這時候再來對付她，那叫沒事找碴，智者不為。

所以，暫時的，她是安全的。雖然原因很諷刺的只是因為意圖奪嫡的大皇子需要把全副心力放在東宮。

這樣也好。

入京會避居如此之久，主要是因為她奉鉅子令入京保北陳守鑰女，連大皇子都知道要盯緊首要目標，沒理由她會腦缺跑去跟仇家硬碰硬。

再說那兩個蠢貨的智力根本不值得她去直接對付……間接甚至只要存在，就夠讓他們喝一壺大的了。

相信公主和駙馬對此有相當深刻的感受。

既然北陳守鑰季祁娘安產並且掌家，已經完成鉅子的命令。那麼，她當然可以出席在京城的社交圈，畢竟已經在鎮國夫人壽誕現身過了。

這就是她原本的打算。

畢竟是她自己的私仇，要說保她也該是南陳子弟的事兒……一榮俱榮，一損俱損，她當年所受被休的羞辱，不只是她與父兄的事情，這巴掌是甩在整個江南陳家的臉上，南陳女兒因此被議論說嘴……太多懶得知曉或者根本惡意的人太喜歡這個好理由。

在京南陳子弟早為她尋好住處，安排了人手。

讓她困擾的是，金鉤、鐵環一把鼻涕一把眼淚的抱著她的手不放，其他部曲也攔著她哀求，吳應甚至自己馳馬去大理寺把黑著臉的陳祭月請來，吵了一架。

其實吧，真要吵贏少主大人很容易，擺脫這些北陳部曲也不難。但人相處久了總是有感情的，也不忍讓少主大人年紀輕輕的得風疾。

北陳都這樣義氣相挺，她也不是扭扭捏捏的人。既然已經道盡利害關係，俠墨依舊堅若磐石的相護到底，她也就沒有必要矯情。

再說，她也越來越喜歡這個小別院。春暖花開，原本盆植的月季，幾乎都地植了，更加欣欣向榮。

歲月靜好。她想。真是開始復仇的好日子。

先是安親王妃上門把她罵了一頓，說她沒義氣，自己就把人打發了，讓安親王妃沒有發揮的空間。又罵她不自珍重，耗費那麼多的心血去弄件那麼華麗的罩衣。

最後拍板，安親王妃送了她一大堆夾纈月季的衣料，非常守禮制又異常相襯的顏色。她挺驕傲的說，「都是我家王爺親手描繪花樣、挑選顏色的。我家王爺可是一手好畫工……」言下非常自豪。

其實陳十七自己也有準備，甚至有相識的夾纈坊等著她的花樣子……往年她在京就是這樣，費工的大件繡樣不多，夾纈印染的才是大宗。她出花樣子，夾纈坊送她樣布，大家省錢省力，皆大歡喜。

但她還是笑納了。安親王妃喜得不行，跟她約定了兩個賞花宴的日子，心滿意足的回去。

這真是個意外的好開場。

陳徘徊重回京城社交圈，真可說是這一年頭等大事。在百無聊賴的貴婦圈中頗具談資。

雖然說，出席的很少，過往的鋒芒盡斂。但依舊機敏詼諧，很受歡迎。但嚴苛的貴婦人們還是毀譽參半。

為什麼她能參宴？除了看在安親王妃的面子，更重要的是她號稱能治不孕。但她這點又很倨傲，非讓人先去給她親挑的十個民間大夫看過，確診為非她不可，不然她不會出手。

但不孕這類的調理，又不是立竿見影，馬上有成果的。至於民間百姓的口耳相傳，對這些貴婦人來說，就僅僅是巧合、流言，不值得一提的。

禮部尚書趙四小姐和母親去探望即將臨盆的三姊，就拿陳十七說笑，「……真沒見過那麼不要臉的女人，明明是個下堂婦，還好意思跟小姑娘們坐在一起……架子倒是端得足足的，慣會裝神弄鬼。也是，大姊妳都沒瞧到她那頭白髮和眼睛有多駭人，什麼鬼模樣……」

趙四只小陳十七一歲，當年也跟她爭鋒過，吃過無數暗虧。雖說她已經嫁到周翰林府，過門沒兩個月就懷孕，一舉得男，周二少奶奶的日子過得順風順水，但看到陳徘徊成了那副鬼樣，還是覺得非常舒心快意。

話才說半截，只覺得臉頰一疼，然後火辣辣的。捧著臉，她不敢置信的看著溫順的三姊赤紅著眼，揚著手，想要再給她一個耳光。

「想死妳自己去死！不要帶累其他姊妹！」趙三小姐吼著，將趙夫人駭了一大跳。

「妳這是做什麼？萬一動了胎氣怎麼辦？」趙夫人快哭了，她這女兒命苦啊，和趙四同年嫁人，趙四兒女雙全了，她現在才有了消息。姊妹只相差一歲，命運卻大不相同。

太僕寺李家是好人家，容得她女兒五年無出，但也快頂不住了。要不是懷孕得及時，搞不好庶長子都出來打臉了。

「娘！妳管管四妹！」趙三哭得淒慘，「她命好，兒女都有了……妳看看我，看看我！咱們可還有兩個妹妹沒嫁人……她自己好就好了？妳憑什麼，妳怎麼敢、怎麼敢斷了我們姊妹的後路……去得罪徘徊娘子？」

趙三眼中寫滿了恐懼，緊緊的攀著趙夫人，「娘，娘！妳真的要管好四妹的嘴……不是誰都跟她一樣有那麼好的運氣！」

「妳在說什麼？」趙夫人又焦急又茫然，「不要急，有什麼可急的？」這時候動胎氣可不得了，雖說只差十幾天……但到底還是差十幾天啊！這胎可是寶貝得緊。

趙三卻臉孔一變，只覺得一陣疼痛，股下潺潺流出一股暖流。

「……奶娘！快去請徘徊娘子！」趙三害怕的大叫。

「為什麼要去請她？」趙四不服氣的喊。

趙三臉色灰白，卻異常鄙夷的看著她，「妳以為我這孩子怎麼來的？是我裝成奶娘的女兒，讓入京不久的徘徊娘子調養了一個月就有了……這些年妳知道我吃過多少苦頭，什麼亂七八糟的法子都用過了？妳怎麼會懂?!」

「她才不會管妳。」趙四喃喃的說，「妳騙她……而且也不見得是她治好的，只是剛好……」

「妳出去。」趙三拚命吸氣，讓自己鎮定下來。「我知道如果是妳絕對不會管，只會遠遠的嘲笑……但徘徊娘子一定會管，全天下的人都不管我了，她還是會管！」

穩婆慌忙的趕來了，趙夫人和趙四小姐不得不退出去等著。

趙四覺得一口氣堵在胸口，異常難受。「她才不會管。」自言自語的說。

「妳閉嘴吧！」趙夫人低喝，「妳三姊說得對，把妳的嘴管好！」

的確，誰敢說自家女兒絕對都有趙四這樣的好運道。就是太順風順水了，四娘才會只盯著一點過往的摩擦不放，罔顧姊妹的處境。

聽著趙三的叫喊，趙夫人掌心都是汗，只能勉強把焦慮摁在心底。趙四一臉不服氣的等著，卻沒想到陳徘徊直接把馬騎到內宅。

李家真是太沒有規矩了！

陳十七下馬後只匆匆瞥了趙夫人一眼，給了她一個安慰的笑，一路走一路吩咐，連正眼都沒給趙四。

趙四說不出她到底希望什麼。她希望陳徘徊其實沒什麼了不起，最好束手無策……憑什麼她什麼都是頂尖？但裡頭是她的親姊姊，她又不希望三姊出事。

所以感覺很煎熬。

最後被趙夫人趕回去，她還是繼續煎熬，坐立不安。

「那麼大膽的騙我，現在有什麼可緊張的？」陳十七看著趙三灰白的臉孔，笑了出來。

那樣輕鬆、明亮，像是可以安撫一切的，溫寧的笑。

趙三覺得一直籠罩著的黑暗，在徘徊娘子進來的時候，就驅盡了。她不知不覺浮出微弱的笑容，「我就不信，我裝成奶娘的女兒時，妳沒看出來。」

「哎呀，妳上趕著讓我試刀，我怎麼好意思看出來。」陳十七換上罩衣又淨過手，過來察看，「緊張什麼？正常的很，痛是很痛……一定的。但妳既然相信我，就該知道，只要我在這兒，妳絕對不會有事。」

「是，我相信。我不會有事。」趙三咬牙撐過另一波的疼痛。

趙四最後接到的消息是，她三姊平安生下嫡長子，母子平安。

李少夫人趙氏根本不在乎別人知曉，她偽裝成奶娘的女兒，在陳徘徊入京不久就向她求醫。

三姊瘋魔了麼？

但讓她更忿怨氣悶的是，幾乎所有的姊妹，能親自來的就親自來，不能親自來的就遣人，車輪戰般狠狠地壓了她一頓。

討厭，真討厭。討厭的陳徘徊，什麼事情都是拔尖的，太討厭了。

趙四恨得差點把帕子揪爛，卻怎麼也不敢去惹陳徘徊。

還不錯。陳十七默默的想。去年仲夏入京至今不足一年，不孕之癥她親手診治的脈案二十三例，二十例有孕，十一例已產，當中七人產男兒，四人產女，無夭折。

江南陳家算是女醫多的家族了……從孫吳時出現第一個名為陳懷玉的女醫開始，動盪不安的魏晉南北朝總共出了五個女醫，她是第六個。

這些女醫前輩都留下很珍貴的脈案，對於男丁因戰禍減少的狀況非常憂慮，致力於生男法……初衷並不是讓她這樣用的。

但沒辦法，跟戰亂不堪的魏晉南北朝相異但也相同，一個婦人在家的地位，還是靠生男兒來支持。這是內宅不見硝煙卻更加慘烈的無聲戰役。

相信那些女醫前輩能理解她。

事實證明，生兒育女的性別是可以控制的，但不像不洞察醫理的患者或保守大夫所以為，都是婦人的問題。有很大的部分在丈夫身上，如果能按她的囑咐服藥和嚴格遵守飲食，夫婦兩人都能照辦，那生兒的可能將大大提升。

趙三珊娘。她暗暗笑了一聲。第一眼她就認出來了，只是佯作不知。當時她才看過幾家下人的疑難雜症，治不孕的名聲還不顯，珊娘就偽裝成奶娘的女兒來了，可見到了如何病急亂投醫的地步。

但她當時還很閒，再說，趙家四娘子討人厭，珊娘倒還是個真溫婉的。她最看人下菜碟，趙珊娘人不錯，她的問題又不算很大……最大的反而是鬱結於心，傷了肝氣。

她的問題是小姑娘家最容易遇著的，小日子太飄忽，飄忽到要按季計。尋常大夫喜歡下活血藥，但這樣的方子對她是不對症的。要先解鬱結，養肝氣，先解除焦躁難眠、不思飲食的毛病，然後以膳為藥，將小日子先調順了，一個月哪日來經，就能夠推算下次來潮日，從中找出幾日最易懷上的日子。

這些還不是最重要的。重中之重是丈夫必須配合，想一舉得男，也得照著她的食膳方子配合著吃。若能這樣配合的男子，通常就能讓妻子好一半……多年無子還能得丈夫關心愛重，那還治不好真沒天理了。

只是趙珊娘的運氣也真是好，有這樣配合的丈夫，更有這樣的運道，算是醫緣深厚，一次就著了。

陳十七拿趙珊娘的脈案當講例，向每五日就來她別院的大夫與夫人們詳細講述。一開始男女雜處，那些大夫的夫人們還有些侷促，現在已經越來越自然，走出宅院，能給丈夫當醫女，臉上都添了幾分自信。

可惜兩個大夫的夫人不肯來，補位的一個是通房，一個是妾室。自詡出身書香世家……其實一個老爹是個不第秀才，另一個只有兄弟考上舉子，哪裡書香了？端著架子瞧不起自己丈夫的行當……自找失愛，她懶得管人家的夫妻事。

有的人腦袋是天生卡殼的，應該列入絕症。妳想醫她，她還嫌妳多事。她和這兩位夫人談過，只得到這樣的結論。

「你們不當讓患者害怕，更不要嚇唬她們。因為緊張害怕就會導致肝氣鬱結，極易百病叢生，舊病未去又添新疾。要安撫她們，傾聽她們說話。夫人們一定能聽懂她們的擔憂。」陳十七朝著女眷們點點頭，「推己及人，妳們一定懂。大夫們這方面的不足，就得由夫人們彌補。」

大夫們簡直不敢相信，陳十七真的將治不孕之癥和疑難雜症的法子傾囊相授。

只有你肯不肯問，沒有她不願答的。她的要求很嚴格，不照她的方子走，驕縱傲醫者她會無情的驅逐出院，但從來沒有什麼私藏一手的打算。

夫妻合診的路還很漫長，但已經出現曙光。減少許多力不從心的遺憾和憤慨，「禮防」已經不再是橫亙於前再不可攻的巍峨高牆。

徘徊娘子拒不收徒，卻比任何一個師父給予的知識更多更深廣，有時甚至匪夷所思，必須面臨患者時才恍然大悟。他們這些比徘徊娘子年紀都大出一大截的積年大夫，對她只有滿滿的尊敬和感激。

每每論完脈案，都慎重的行稽首大禮才告退，並不敢讓徘徊娘子送。

連看到門匾上「徘徊別院」，心裡湧起的不是靖國公產業，而是徘徊娘子醫術獨步大燕卻廣闊無私的胸懷，那般的敬畏。

其實我只是想偷懶，你們不用這麼慎重。陳十七默默的想。

她只有一個人，名聲遠播之後，光看病就好了，一天十二個時辰都不夠用。她的確是個醫迷，但是尋常的疾病已經沒什麼意思。而且群醫會診論脈案，比她一個人苦苦的慢慢摸索有趣多了，也是這些血還沒冷卻的大夫讓她突發奇想，而且實踐了打敗禮防的「夫妻合診」。

這點就夠她感激這些大夫了。

最夠看的疑難雜症，在她初抵京那段時間已經看得差不多了。女子疑難雜症不是地裡的大白菜，種滿園子。京城雖然很大，但真正的疑難雜症卻不常有，也不會立刻致命。

這些大夫們很不錯，有夫人如虎添翼，頂多卡一下殼，稍點撥就轉過彎來，果然是京城拔尖的婦科大夫。所以能傳授多少她就會毫無保留，她省事，還能多救許多不該死的性命。

或許她沒有手把手的教導醫術和醫德，但潛移默化中，這些大夫倒學到精髓。夫人們急切中還處於學習的階段，但山不轉路轉，馮記藥舖和他們這些大夫，都不是徘徊娘子的，但她就能統合成自己所需，任人惟才。

他們學會了和有口碑，腦筋比較靈活的穩婆合作，給夫人們補足經驗不足和實習的機會，而不是蔑視三姑六婆中的穩婆。徘徊娘子最喜歡講，「三人行必有我師」，的確一點錯兒都沒有。這麼一搭檔起來，開方有藥材保證的馮記藥舖，診脈有這十個會相互討論的大夫，內診有穩婆和大夫夫人們，生產時這樣三人一組，幾乎能把難產率降到一個新低點。

這真是一個醫者所能感受到的無上喜悅。

「……妳什麼都教，誰還找妳看診？」陳祭月有幸躬逢其盛，等大夫告退完了，異常無奈的問。

「不孕之癥不是三言兩語就能看好的。」陳十七轉頭吩咐，「給少主多備一份晚膳。」

看陳祭月還是滿滿的不滿，陳十七笑了。「他們其實很厲害，卻是民間大夫。病能不能看好，不能只靠大夫，還得看患者。我真正要佈網設陷的目標群，只信御醫……或者我。」

「不是我醫術高超到出神入化，而是她們把我神仙化了，能百分之百的信我，所以才能治得非常完全。」

陳十七的笑微諷，捏著嗓子學京城貴婦人嬌聲，「徘徊娘子可是世家衣冠之女，那些民間大夫哪裡比得上。」

陳祭月啞然，片刻才說，「妳終究還是個墨家子弟。」

百姓才是重中之重，那些拿腔拿調的貴夫人並不放在她心上。

陳十七讚賞的點點頭，「少主大人有時候也跟我九哥差不了多少，真真能說到心坎。」

每次被陳十七誇獎，都有想揍人的衝動。陳祭月很不爽的想。

「對了，」陳十七突然想起來，「靖國公不會沒事弄那個門匾來。」換她不滿的看著少主大人。

陳祭月心情立刻陰雨轉晴，「妳說說看，有什麼不到位的？這名字再恰當也不過。」他指了指滿園子的月季，爬在牆上的都能當守城利器了。特選品種，花刺比狼牙棒還密還猛，北陳部曲非常驚嘆，已經決定納入守城佈置的輔助一環。

但她並不想這麼高調！把自己的閨名掛在門口……感覺很怪好嗎？可他這藉口，卻非常完美無缺陷，沒辦法明著反駁。

這下子，換陳十七有揍人的衝動了。

幸好金鉤機靈的把晚膳催來，少主和十七娘子板著臉相對用飯，才沒真吵起來。

最奇怪的就是，兩個明明都是多智近妖，心穩神定之人。要見到他們動怒就不容易了，高聲激烈的與人爭吵……簡直不可思議。

他們不該都是用看傻瓜的目光瞥過，然後用漠視表達最大惡意的蔑視嗎？為什麼碰頭就吵架……而且是越來越愛吵架。之前還是少主單方面暴跳，現在十七娘子偶爾也會發怒了。

她忍不住抬頭看天。

鐵環也跟著她抬頭，結果幾個部曲也跟著看天空。

吳應忍不住開口，「客星無犯，凶星隱遁，天下太平之兆。有什麼好看的？」

我不是在夜觀星象啦！金鉤無奈的看他一眼，「……我在看是不是要下紅雨了……或者鐵釘匕首之類？誰知道。」

鐵環一臉莫名其妙，吳應看著金鉤，默默的想。這一定是後遺症，絕對的。派來京服侍少主的幾個部曲兄弟就變得神神叨叨，越貼身的越這樣。

沒想到金鉤也淪落到這個地步。難怪的，除了少主，還有十七娘子。鐵環那一條筋的當然沒反應，金鉤這麼日夜貼身服侍，不神叨也難了。

吳應不由自主的後退幾步，將目光從十七娘子和少主的身上敬畏的挪開。

他不想步上金鉤的後塵，也變得神叨不正常。

吃到一半，陳十七停筷，心思轉了轉，詫異的問，「今天公主殿下親自去找你？」

陳祭月差點噴湯了。

給不給人吃飯了?!要不要時不時就表演一下鬼谷神算?!

他用畢生的修為將那口湯強嚥下去，不噴不嗆，自己都佩服自己。「十七娘子先好生吃飯。多少話飯後說不得？」

「噢，我嚇到你了。」陳十七不知道為什麼感到愉悅，她自己也微微驚訝。

「能把你從大理寺嚇得早退，除了存檔司塌了或走水，也就只有公主殿下有這種威力了。」

陳祭月很難得的反省自己，是不是不要再這麼沒事嚇自己部曲。現在他終於明白諸部曲的痛苦了……被觀察入微不好受，說破了會覺得自己像是傻子。

他趕緊的把飯吃完，省得被陳十七哪句話噎死或嗆死。

等金鉤上茶了，他才不太情願的回答，「是。」然後被陳十七注視的有些惱羞，又有點毛骨悚然。

「這麼快就查完了？」陳十七對公主的情報力有了新的評估。

「駙馬都尉親自佈線查的，當然快。」陳祭月沒好氣的說。他也對駙馬都尉的無恥有了一個全新境界的評估。

他知道他在做啥嗎？幫自己的妻子查一個疑似舊情人的男人。查完以後呢？是不是把這個舊情人雙手奉上給妻子？

這算什麼啊?!你自找綠帽搶著戴是你家的事，先問問我這個大理寺司檔的意見好不？

忍不住發牢騷，「我真不知道那兩個是怎麼回事……其實他們倆當真天造地設，再也找不到腦缺得如此和諧的一對。我的身世再好查也沒有，世家譜上，華州陳家還在你們江南陳家之後。我娘已經過世，官方書面上，我爹也不在世間了。又無兄弟姊妹，但我族人都還在的，所有的文件都屬實。」

「你爹的部分，文書上還乾淨俐落吧？」陳十七非常關心的問。

陳祭月惡狠狠的瞪了她一眼。這麼點兒小事還做不乾淨……他這少主不用幹了，趕緊的讓賢吧！

陳十七卻笑得讓他快發脾氣了。那種可惡的笑……她一定知道那對腦殘夫妻異想天開兼莫名其妙的打算。

不過，陳十七向來見好就收，很快就肅穆容顏，「見就見了吧。公主殿下見到少主，大概會以為自己認錯人……」

少主大人強烈的威儀，也是他萬年不升官，升官只能明升暗降的主因。其實呢，那些上司莫論，連慕容家的嫡公主，甚至是太子殿下，都未必擁有這樣強勢的威壓。

說是與生俱來，不如說是一種俠墨強烈以天下為己任的抱負和決心，目光只專注在安定黎民的目標上，連皇帝都不放在眼底，累代培養起來的威儀。

容貌原本就只有三四分相像，沒有穿戴和座騎的加成。只要他用真面目見到公主殿下……那就根本沒有什麼然後。

公主殿下會很困惑混亂，但也就這樣。陳十七敢提這個主意，就是很有把握不會給少主大人帶來任何麻煩。

被看得發毛的陳祭月不太自然的咳了一聲，挪開目光，「我只是……好奇。所以裝了一下下。」他強調，「但真的只有幾個呼吸間而已，她卻……」他臉孔一陣扭曲，不想回憶和公主的邂逅。

他發誓，就算天上下刀子他也不會再這麼幹了。

「她反應很激烈。」陳十七點點頭，陷入沉思中。

公主追著少主大人跑的緋聞只短短傳了幾天，馬上被陳徘徊的上京後種種「神蹟」覆蓋掉了。

這種操作輿論的手法她很熟悉，甚至也參與規劃過。被十一哥罵「三隻狐狸在一班，天下不亂都困難。」

同文館三狐：陳九敏思、慕容懷章、陳十七徘徊。

十一哥敏行都還沒排上呢。

懷章兄會去操作輿論她不意外，任何家族都是同榮共損的，皇家也不例外。更何況，即使非常合不來，那畢竟是他的親妹妹。

她能體諒懷章兄，但她自然也能春秋筆法的不告知公主殿下正在用藥的消息。知道也不怎麼樣，頂多罵公主殿下幾句知法犯禁和奢靡無度罷了。

陳十七又追問了幾句，有的問題不但刁鑽，而且大膽，快把少主大人怒羞走了。

「我只是好奇嘛。」陳十七輕笑，「你不知道，要忍住去給公主看病的衝動，我可得相當的克制才行。」

她偏頭，滿頭銀絲讓燭光灼得宛如朝霞，「聽起來，公主殿下用的五石散加減，不是添重鐘乳。」

陳祭月的表情很古怪。他雖然專精外科正宗，但辨藥還是可以的，何況鐘乳實在太鼎鼎大名。

鐘乳三千兩，金釵十二行。

鐘乳是五石散的君藥之一，但最有名的就是……單用時，是壯陽之藥。

雖然覺得被羞辱到，但還是忍不住問，「那個……對女子也……有效？」

「有。都是人，男女都會受到影響。但公主只是追著你跑沒有試圖動手動腳，可見不是加鐘乳。」陳十七漫不經心的回答，嘆氣而扼腕，「這個加減是怎麼加減的，真想知道方子……能給公主把一把脈就好了。」

明明我說得很隱諱，妳為什麼這樣揭短的說明白！「去啊。現在她一定會很想妳去幫她看病……小心填在那個什麼晶的湖裡。」

陳十七置之不理，慎重的跟陳祭月說，「少主大人，你絕對不能再裝成如琢兄的樣子了……我懷疑這方子除了五石外還添了天仙子或牽牛子。一個不慎，會讓公主發瘋的。」

陳祭月凝視著她，「……這不就是妳原本的打算？」

「是。也……不是。」陳十七沁著柔軟的笑，病白的臉孔燦出光亮霞暈，「不是這個時候，還不是。我說過，我們要，慢慢來。

她的笑更溫雅了些，「現在還太早了。」

陳祭月不肯承認，他被陳十七美麗的笑給魅住了……更不肯承認，他的寒毛全部站直，所謂毛骨悚然，久久沒能退服。

這次怦然心跳又毛骨悚然的會面之後，到清明前幾天才有空再去探望陳十七。時隔才半個月而已，但讓陳祭月拋下繁忙到快發瘋的公務，拋棄在他後面等著會面不果，大聲怒吼的陳八敏言，埋頭衝進徘徊別院。

「妳想死嗎?!」陳祭月朝著陳十七大吼，「居然敢支開金鉤鐵環單獨和駙馬都尉私會?!」

「怎麼傳話的？」陳十七皺了皺眉，「是偶遇不是私會。再說……你和八哥不是跟懷章兄勾結在一起幹大事嗎？」

「什麼勾結？有妳這樣說話的嗎？」陳祭月怒容更甚，「只是歸納些檔案罷了。那是官員都可以調閱的，不應該因為他是太子就被排除在外。妳家八哥也只是來閒聊……」

呃，他好像把陳八扔在大理寺了。

「八哥生氣很可怕的。」陳十七充滿同情的看著陳祭月，「他會嘮嘮叨叨、嘮嘮叨叨的不依不饒。我先給你配一副治頭疼的藥好了……」

「……陳十七！不要裝傻轉移話題！」少主大人終於暴跳了。

要不要先替他配副鎮靜安神的藥呢？真怕他不到三十就先風疾了……還是先養肝呢？

不過她已經先頭疼了。難怪少主大人和八哥處得來……同樣不依不饒。

「我總共跟他說沒幾句話好不？」陳十七揉著額角，「金鉤，妳沒跟你家少主說清楚？」

「說了。」金鉤小小聲的說，「對話，都說了。」

但如果只是對話，當然沒有問題。但是和駙馬都尉的碰面……有問題，大大的有問題。

「這是必然的，少主為何如此動怒？」陳十七欣賞陳祭月額角的青筋，「順便而已。最近你們……六哥、八哥、你，和懷章兄，不是商議出怎麼挖坑給大皇子跳嗎？」

陳祭月啞然片刻，「陳敏言這活八哥！一定是他告訴妳的！」

她沒有否認，只是抬袖輕笑，「哥哥們心裡有事，都喜歡來找我說說話。其實我多半只是聽……偶爾在你們卡殼的時候提點一下。」

雖然她常覺得驚訝，為什麼思慮縝密的哥哥們老在意外簡單的部分卡殼，而且卡得很自然、渾然不覺。

這個春天，皇上傷風了兩次，最近還高燒了三天。向來勇武的馬上天子，似乎開始老了。大皇子的動作未免急躁了一點。

哥哥們很敏銳的發現了這個可能的弱點，推斷出最誘人的誘餌：西大營兵權。但卻很卡殼的想著要讓百勝侯塌臺，好空出位置來。

八哥敏言或許不到九哥的程度，但最少比十一哥強……起碼他有比較強的直覺。他覺得這計畫有點問題，只是摸不出問題在哪。能跟太子爺合理、行若無事的碰頭時機實在不容易，必須要推敲到最完美才能抓住稀少的見面機會。

所以又跟他們當初在同文館廝混時相同的找來，對著陳十七嘮叨一遍，非常鉅細靡遺。

陳十七靜靜的聽到最後，疑惑的問，「為什麼要動百勝侯？」

陳八沒好氣的說，「那個牆頭草。」

陳十七同情的看著陳八，看得陳八開始後悔來找十七娘。次次後悔，逢事還是每每來找虐。

很虐心。

「八哥哥，大皇子那邊的風向小得可憐。」陳十七同情更甚，「你們沒事吧？」

陳八有種想撞牆的感覺。

為什麼會卡在這兒？把這個牆頭草換一個堅貞的大皇子黨給他如虎添翼？就覺得不對勁，原來不對勁在這兒！

「百勝侯是西大營都統領。」陳十七好心的提點，「西大營副統領還好嗎？」

「……那范統！」陳八跳起來，「我去找北陳蠻子！我記得他被告到大理寺過……」然後一陣風的衝去找陳祭月，開始陳祭月半個月吃灰塵翻檔案的苦難歲月。

「找范統麻煩才是你們的正經差事。」陳十七擔心的看著陳祭月，「原來不是八哥哥才有事，原來少主大人也很有事啊……」

「范統的罪證已經蒐羅的差不多了！」陳祭月大聲的說，雖然有點心虛……本來這個時候應該和陳八交底，清明那天陳八有機會不惹任何人疑心的見到太子殿下。「妳不要忘記，妳終究是我們北陳請來的，妳的安危才是……」

「好好好，」陳十七安撫的倒了杯茶給他，轉頭吩咐鐵環，「去問問廚下有沒有什麼點心哄一下你們少主。」

陳祭月緊緊的按著小案，拚命克制想揍人的衝動，終究還是把那小案按出裂痕。

「按壞那張小案是無所謂，不要傷了底下地板。」陳十七憂慮的看了看，「廊下地板最不好修了。」

陳祭月單手拎起那張小案，扔到院子裡了。

不知道為什麼，看少主大人怒髮衝冠，心情就會莫名愉悅。陳十七愉快的想。

甚至比耍駙馬都尉海寧侯還愉快很多。

真是個不好的習慣。

其實，她還真沒做什麼。只是姑祖母壽誕後不久，她出門時遇到太子殿下，隔著車簾和騎馬的懷章兄相互問候，打了幾個機鋒……確定他已經將東宮清掃完畢，太子妃目前一切平安的訊息。

然後她開始接到一些請帖，但是深究關係，和大皇子走動比較親密的卻佔壓倒性的多。

畢竟大皇子在明，她在暗，要洞燭機先太容易了……甚至不用自己去清查，交給金鉤就可以了。這裡是北陳俠墨的大本營，沒有什麼情報能逃過俠墨的耳目。

佩服。表面上看起來完全沒關係，甚至不是明面大皇子籠絡的對象，卻用拐彎兒的姻親之類的後宅關係，聯繫在一起。

若不是先知道海寧侯投了大皇子，連她都不能在這麼短的時間內給北陳一個明確的目標去清查，實在是太隱密了。

所以說，友黨需慎選。選到駙馬都尉，恐怕是大皇子這輩子最大的失誤。大皇子無須拉攏她這個女醫，就算想拉攏江南陳家也不會找她。會動用這隱密的後宅關係……只有一個可能。

差點嫁給懷章兄，而且懷章兄獨訪一次、路遇一次，說不定還有私信來往。表面看起來似乎「故情依依，依舊在」。

而太子殿下的親妹婿，駙馬都尉海寧侯，是陳十七的故夫。

就一般人的思維來想，「上山採蘼蕪，下山逢故夫。長跪問故夫：新人復何如？」才是個下堂婦該有，幽而不怨的溫柔吧？

雖然是很好笑的，儒家三從四德迂腐的想像，但這些男人似乎堅信不疑。連大皇子這麼周密的人都不能例外，超卡殼的。

原本她置之不理，直到八哥哥來找她談過，她才證實並且恍然失笑。

原來如此，也該如此。

所以她應了一家和大皇子關係最隱密、最不易察覺，表面還是太子黨的官家邀宴。也如她所預料般，很老套的，引路的婢女那麼剛好的扭了腳踝，央著金鉤鐵環扶她去前面叫人，讓陳十七落單了。

這些人，總不能出點新鮮招式，讓她感到又好氣又好笑。

分花拂柳而來的，是英武神俊的駙馬都尉海寧侯孫節。

真是一點意外也沒有。

陳十七將月季傘放低些，容顏隱在陰影中，只有繪著殷紅的唇和一點點晶瑩剔透的下巴，彎著一抹表面守禮卻略微意外、模糊的笑。

微寒的春風吹拂過八幅裙上的蝴蝶絡子，飄飛到罩衣的夾纈月季上。白花黑鳳蝶。

萬芳齊發，冶煉一春諸香。但有一股幽然冷香凌駕統御於諸香上，非常非常淡，卻也非常悠遠，讓人忍不住去尋訪。

海寧侯恍惚了一下。心跳越發急促，吐納緊迫。視線，無法從她熟櫻桃般的唇上挪開。

一時竟然無語。

半遮容顏的陳十七從陰影處打量著海寧侯，不禁感慨，大奸似忠，真是說得一點也沒錯……難怪爹會看走眼。在鬥雞走犬、逸樂紈褲的勳貴世家子弟中，世子「勤於王事」——當時的海寧侯世子任著一個小小校尉，卻無比認真。多紈褲的世家公子哥裡，實在鶴立雞群。

自律甚嚴，從不流連花街柳巷，甚至在外飲酒有數，不畏旁人譏笑。

當然，嫁進海寧侯府才知道，他的確勤於王事，卻是為了權勢富貴。不流連煙花，是因為家裡自備了比煙花更絕色的私房小青樓。爛醉這回事，還是回家牛飲，還能擁翠倚紅，大被同眠等等以下省略若干無上香豔。

瞧瞧他，幾年沒見了。在別人家私攔女眷，還是這樣英武挺拔，正氣凜然。

陳十七有些好笑的想，或許她那麼會裝，裝得徹底表裡不一、騙死人不償命，說不定就是師法她這個無緣的前夫。

若不是真的很了解他，真看不出來他已經動情了。

陳十七的笑深了一些，卻屈膝福禮後，微微側身讓道。像是……完全沒看穿這個老套到滑稽的把戲，完全沒料到會遇到海寧侯似的。

就是一次，有點驚慌失措的偶遇。

這一切都太荒謬又太好笑，簡直是十一哥的智商打對折，這些人還渾然不知。她忍笑忍得肩膀微顫。

但在海寧侯眼中，就是陳徘徊堅持不住那個禮貌的笑，側身轉過頭，說不定滿面淚痕。

他寧定了。

終究只是個女子，一個幽怨的女子罷了。被他休棄的婦人，對他依舊還有情。只要還有星星之火，他就有辦法燎原燃天。

「徘徊。」海寧侯低低的喚她，聲音醇厚如美酒。

半背對著他的陳徘徊，抱著竹杖，似乎將揪皺的帕子按了按眼角，有些綿弱的鼻音，「駙馬都尉，君子貴慎獨。」

海寧侯更確定了些，「我知道妳怨我。但終究君君臣臣……他們，是君。」

他們？這是幹嘛？想挑撥？這招大概是大皇子教的，憑他的腦袋還想不出這樣的應對。陳十七將帕子放回袖籠，重扶竹杖。

這著下得不錯。有機會真想跟大皇子下盤棋，最少會讓他六子。一箭雙鵰，砍柴不誤磨刀工。一方面表達了海寧侯的無奈，一方面可以試探她究竟是哪邊的人。

而且多疑。走一步看三步，大皇子起了疑心，他在試探，陳十七是否知道了些什麼。

「十七不敢有怨望。」她低聲回答，「不然不會為懷章兄……太子殿下效命。」

果然是她治好的！海寧侯的瞳孔擴了擴，眼神越發幽深。大殿下果然算無遺策……這女人真的攀附了太子！

這是多大的功勞！應該無子的太子卻癒可，太子妃有孕。但這功勞卻必須密而不宣，既不能賞她也不能獎她，卻會因此分外憐惜她……他也是男人，很明白這種心理。

懷章兄。哼。叫得這麼親密。

但這樣也好，不枉他捨身做了這個美人計。她在太子心中不一般，說話也會格外有份量。

「駙馬都尉？」陳十七遲疑猶豫的聲音怯怯的，「難道不以為然？」

就讓她這樣以為吧。以為他還是太子忠貞的妹婿。

「妳喊我駙馬都尉。」海寧侯苦澀的回答，「再怎麼為妳心痛、不捨，我還是儲君之臣。」

不行，快笑出聲音來了。陳十七緊緊咬著唇。知道這傢伙追求美女很敢說，卻沒想到這麼敢說。

她只是點了點頭，沒有出聲。怕出聲就笑出來。

結果這個正氣凜然的英武海寧侯，居然轉到她面前，輕輕抬起她的傘。陳十七用了畢生的修為才僵住臉，看他要逼近趕緊抬起竹杖頂著他的胸口。

「新人復何如？」陳十七微瞋著問。

海寧侯愣了愣，眼睛膠著在她美麗的脣上，一點遲疑也沒有的回答，「新人雖言好，未若故人姝。」

他還真是好捉摸，一點意外都沒有。實在不想跟他周旋了，蠢貨一個。

陳十七鬆手，讓傘墜地。

在他眼前，展現了十二萬分的風情。閃爍如月光的銀髮，深琥珀的瞳孔如新蜜，冷香森然，美麗的像是一朵雪白月季。

他快溺斃在那新蜜似的瞳孔中，心甘情願。即使她的竹杖尖從胸口慢慢的挪到他的咽喉，有些忿怨的重了重，他卻越發心跳如鼓。

陳十七慵懶緩慢的聲音，宛如夢中方可聞的動聽，「侯爺，意欲何為？」

海寧侯失魂落魄的望著她，「已采三秀兮於山間。只願復汝容顏，烏汝白髮，慰汝憔悴。」

……有夠酸。她以為只有腐儒書生才會這麼黏牙纏綿的寫酸詩，沒想到這個手頭很有一把功夫的海寧侯只有更酸，沒有最酸。

真的不行了，受不了。

別把我跟柔然公主擺在同樣的高度，實在是最大侮辱。原來這就是大皇子的打算……像是控制柔然公主般，控制我。什麼三秀仙丹，應該就是五石散加減吧。

一步進可攻退可守的好棋……目標不是我的話。為了美麗和愛情，女人總是非常勇敢，什麼都敢往嘴裡塞。

但那不是我。

陳十七湧起一個非常美麗但更駭人的笑，將竹杖往上移，蜻蜓點水般點在海寧侯的唇上，讓已經有些回神的海寧侯再次迷失，她微微的撅嘴，將左手食指放在殷紅冶豔的唇，慵懶柔軟的說，「噓……」

「我不。」陳十七極為緩慢，甚至有些愛嬌的說，「我不。侯爺你不信我，我不。」她深琥珀的瞳孔粲然華彩，聲音更為低沉輕而慢，「很快的，侯爺才會知道，誰才最懂你。」

猛烈的東風一颳，落英撩亂。終於醒過神來的海寧侯，看著一面喊著金鉤、鐵環的陳十七，踉蹌踟躕的扶杖而去。

一種說不出來的愴然若失……他第一次為一個女子如此怦然心動。彎腰撿起棄置在地的月季傘，還殘餘裊娜的幽然冷香。

「就是這樣。」陳十七抬袖掩了一個呵欠，「那蠢貨試探我，覺得我應該在太子那兒立了大功，很有控制的價值，所以想用控制柔然公主的方法控制我。」她垂眸，「把我視為尋常女醫，真是錯了。」

「……妳還是以身犯險啊！」陳祭月一下子就抓到重點，「妳根本不用誤導他！西大營副統領只可能落在海寧侯身上！」

「是。」陳十七很坦率的應了，「這想法不錯，九成九懷章兒會點頭。大皇子會設法搶西大營副統領這位置，但又不能安插他明面上的人，只能內舉不避親的舉了太子的嫡親妹婿……我只是預先幫懷章兒一把。這樣，他沒反對就顯得比較合理。因為大皇子和海寧侯會以為，陳徘徊先為『故夫』，向太子殿下求過情了。」

陳祭月應該悚而不悚，只覺得很想揍她。「妳……本來跟妳沒關係！」這簡直就像是引火上身！照他們的計畫，就是讓已經暴露的海寧侯接掌西大營副統領，大皇子不會警覺，自以為得計，掌控了京郊最大的兵力。

懷章太子一定還有後招，但南北陳畢竟只是義氣相挺，負責開局就行了。

現在陳十七卻自己跳進去攪和了！

看少主大人暴跳如雷，陳十七覺得像是被拷問。祭月怎麼不乾脆去大理寺刑獄呢？多適合他。

「不會有事的。」她無奈了，「聞了我親手做的合歡香露，還聞那麼久。雖然我的懾心術沒練得很好，但雙管齊下，海寧侯沒足夠的心智抵禦，我說什麼就是什麼。」

陳十七慢慢的漾出一個飽含惡意的笑，指了指頭，「人的腦子是很好唬弄的。所以他信了所有我要他信的事情。」

「……妳居然對他下春藥。」陳祭月不知道是什麼滋味，總之偏酸，非常想把陳十七抓起來摔。

「您多研習些方脈正宗好不？」陳十七嘆氣，「合歡香只算助興，還不到春藥的地步。香坊可以公開販賣的成方，好嗎？只是讓駙馬都尉自以為動情而已。」

陳祭月掠過一絲尷尬。他差點忘了合歡香還有提神的效果，減味提神其實算是常用香。

但是，陳十七親手做的合歡香露。感覺就是非常危險。

「懾心術。」陳祭月喃喃著，逼視著陳十七，「北陳列為禁術。」那是很危險的東西，懾心奪魄，能使人傾吐祕密，也能操控他人心智。但意志不夠堅強的很容易走火入魔。

難道南陳會允許子弟隨意學習使用嗎?!

陳十七卻將頭一別，裝作沒聽見他說了什麼。

最後是撲空多處的陳八敏言，終於在徘徊別院捕獲陳祭月，將他拖走了，才結束了陳十七被繼續拷問的危險。

果然如此，這兩個不只合得來，甚至非常談得來……難怪一樣的不依不饒。陳十七默默的想，轉眼在金鉤臉上繞了一圈，又看向鐵環，就不動了。

柔和溫雅，卻讓鐵環體會了一把如墜深窖的膽寒。

為什麼為什麼為什麼?!鐵環心裡咆哮。這類報馬仔的工作不都是金鉤去做的嗎?明明十七娘子在小憩不是嗎?兩個都不在她跟前啊?為什麼她就會知道是我去告狀呢?!

孩子，妳嘴巴張開，十七娘子不是只看到妳咽喉，而是已經看透了妳五臟六腑。金鉤同情的看微微顫抖的鐵環，垂眸扮乖巧。傻傻的。十七娘子起碼是一個半的少主。妳知道怕少主卻不知道怕十七娘子?就說過了,我幫妳打掩護也沒用。

「鐵環?」陳十七和氣的輕喚一聲,卻讓這個武力值破表的北陳部曲武魁首打了個哆嗦。

真的不是故意的啊。鐵環好想哭。她對自己的身手很有自信,有把握不被任何人發現的來去。所以……她才會違背十七娘子的吩咐,跑去通風報信。

為什麼……和氣的十七娘子會跟少主一樣可怕?!

「那、那個……」鐵環繃著頭皮說,「因、因為……因為那個駙馬侯爺不是個好東西!少主比他好多了!」

當時的氣氛真的很詭異啊!她和金鉤一起拖著拍昏過去的婢女,緊張兮兮的隔著花籬守著。但卻有種「十七娘子要被拐跑,少主會發雷霆之怒」的恐怖感。

乾巴巴的回那幾句對話,真是聽不出有什麼大問題。但是在場觀看的兩個北陳部曲,連最遲鈍的鐵環都漲紅了臉,心底警鐘大響。

陳十七眨了眨眼,這完全出乎她的意料之外。她以為會是陳祭月額外囑咐要監視她或者是安危問題，怎麼都沒想到會是這個答案。

「妳跟少主有仇隙？」想了一想，陳十七沒什麼把握的猜，「要不妳怎麼會拿少主大人跟那東西相比，用這樣侮辱他？」

……哈？這什麼跟什麼？

陳十七的目光挪向金鉤，讓她暗暗叫苦。怪我！都怪我！怎麼會遲疑了，沒有強力阻止……結果還不是延燒過來了！

金鉤只是垂首恭順的看地板，這話怎麼都不能搭的。

沉默了一會兒，陳十七放棄了，「好，那下次你家少主來，我直接問他。」鐵環答得太莫名其妙，上司還是得關懷一下部屬。還是讓他們北陳自己解決……

「不！」在金鉤阻止之前，鐵環慘白著臉驚呼，沒有一個字過頭腦就衝口而出，「少主會活剝我們的皮他還不知道他喜歡十七娘子我們也不敢告訴他但是沒守好娘子絕對會被他整死！」

完了。

金鉤腿一軟，踉蹌了一下才站穩。

死定了。

鐵環的臉色更慘白，捂著嘴。這次一定會被派去苗疆跟她最害怕的蟲子打交道。

陳祭月這麼年輕就風涎（腦內腫瘤溢血）了？

陳十七愣著臉想。回過神來看著金鉤和鐵環都一臉慘澹、五雷轟頂般的萬念俱灰，抬眼望出去，原本往這邊盯的其餘部曲紛紛裝忙……

真有這回事？

倚著扶几，她仔細的思索，設法推翻這個認知的可能性。但她飛快的回憶理順，發現……她無法推翻。

猛然的，她坐直了。金鉤鐵環緊張的看著她。

「都要過晚膳時分了，該吃飯了。」陳十七嫻靜的說。

鐵環差點摔一跤，還是金鉤扶了她一把……雖然金鉤狀況也沒好到哪去。

表面上看起來，陳十七好像跟往常沒什麼兩樣，安靜的吃過飯，安靜的漱洗，安靜的在廊前賞月。

事實上她在發呆。

果然越沒有經驗的事情越容易手足無措。陳十七想。又排除了因為腹飢血虧導致思緒不暢的可能，她幾乎確定了，陳少主祭月真的發傻了。

說起來也不算什麼奇怪的事情，少主大人到這把年紀還不成親，未免會有關睢之思。

可為什麼是我呢？

陳十七很納悶。這完全是發傻啊。就像她的堂哥、表哥偶爾也會發傻那樣……可他們那時正是初慕少艾的年紀，少主大人都二十六了，跟懷章兄同年呢。這樣大的人還會發傻？

她搔了搔頭，發現這件事完全逸脫自己的經驗法則之外，反而不知道怎麼應對。

終究陳十七是南陳儒墨的女兒，打從骨子裡就是墨家子弟，因為禮簡而更慎禮。她並不是關在後宅內院不得見外男，這些年漸漸流行的閨閣千金，堂哥、表哥和同窗哥哥多得數不來。

不至於跟那些關到發慌，偶見男人就春心大發的閨閣千金一般，立刻拋棄禮防和父母、拋棄廉恥，花前月下生死與共……那對她而言實在傻得侮辱自己的智商。

萌動心跳什麼的，其實深究其內，不過就是世人將「發情」，美化成「動情」罷了。但這也沒什麼不對，眾生因此而能繁衍，這是正常的事情。

只是她從來沒想過會扯到自己身上。所以，有種迷惘困惑的感覺。

能夠把海寧侯耍弄於指掌之上，用最大惡意撩撥他，整得他找不到北。但是面對陳祭月的發傻，她卻有點不知所措。

這兩個男人……其實都是發情吧？

但她並沒有因此討厭陳祭月，比較多的是一種……莫名其妙的惆悵。

她並不喜歡這種一團亂麻的感覺。

陳祭月皺緊了眉。事情有些不對勁。

好不容易把陳八打發了……他唯一後悔的就是沒先接下陳十七配的頭疼藥。他發誓，有生之年都不想跟陳八打交道。

這吵死人的活八哥。

既然擠出閒暇，原本想去繼續質問教訓陳十七一番，結果看到她憔悴柔弱的素顏，立刻變調，「清明踏青，要去嗎？」

陳十七只望了他一會兒，點點頭。

但還是有什麼不對勁了。金鉤、鐵環都在躲他……不奇怪，這兩丫頭有點怕他。可吳應他們卻對他目光閃躲，這就很詭異了。

連陳十七都有點眼神飄忽。

「……妳又捅什麼漏子？」觀察了一路，陳祭月忍不住問了。

陳十七站定，扶著竹杖，掮傘望著陳祭月。今天她穿得很素淡，簡單的玄色罩衣，雪白深裾，傘也是一把墨描月季傘，只抹了一點無色口脂。

垮著木屐，她沒回答，轉身鐸鐸的前行了十來步，突然走回來。

「我沒捅漏子。」她說。

……一句話需要這麼久的時間思量嗎?!妳神經未免也太長！

「鐵環說，你喜歡我。金鉤沒有講，但她也是相同的意思。」陳十七溫靜的開口，卻一雷三響，瞬間炸了三個倒楣鬼。

她有些迷惑和好奇的看著呆若木雞的陳祭月，「少主大人，你怎麼說？」

陳祭月的臉剎那間紅得幾乎滴血，包括金鉤鐵環的諸部曲無一例外的刷的慘白。

不知道怎麼樣才能逃過被少主滅口的命運。諸部曲不約而同的，轉著相同的念頭。

只求老天垂憐，得以身免了。

無所措手足的陳少主祭月，腦子亂轟轟的跑馬，只本能反應的回答，「沒、沒那回事！」

脈洪且數，氣息急促，肉眼所見就可以斷定了。陽火大熾，還是不要再逼他了，清明春遲，天氣變化不定，導致風邪入體就糟了。

陳十七很體貼的將視線挪開，垂眸說，「嗯。」

……妳就不能多問一句嗎？妳明明不相信啊喂！

「等等！」陳祭月叫住就要走開的陳十七，「不、不是……」有沒有這回事？

到底有沒有？陳祭月發現自己大腦還保持兵荒馬亂的狀態，脫口而出，「我不知道！我還沒仔細想過！」

彼娘！這什麼爛回答？鬼才聽得懂啊喂！陳祭月突然有打自己幾個耳光的衝動。都是這群無事生非的傢伙……他迅速的遷怒，逼視金鉤和鐵環，她們倆只敢在內心流淚。

這流放是鐵鐵的啊！

陳十七卻停下腳步，將傘掮後些，仔細看著陳祭月，點點頭，「這種事情，的確是要好好想想。我也思考了好些天。」

……南陳十七娘子真有鬼神般的機敏。他都不知道自己在說什麼，她居然懂了。

所以呢？所以呢所以呢？到底有還是沒有？

不知道。陳祭月開始覺得從兵荒馬亂轉成一團糊塗糨糊。他打懂事以來就知道自己肩上是怎樣的千鈞重擔，他不曾想過逃避或厭煩，終究他還是個以出身為傲的墨家子弟。

他會到這把年紀還沒成家，就是沒時間去想那些。太多責任，太多不可控制的變因。

亂紛紛的想了一堆，又什麼都沒想到點子上。鬼使神差似的，他問，「十七娘子，妳怎麼說？」

啊？為什麼把問題丟回來？陳十七愣然的眨了眨眼，思索了一會兒，搖搖頭，「照我說會請少主千萬不要發傻。少主肩挑北陳俠墨的延續，定要親養下任少主……」

「慢著。」陳祭月不悅，終於暫時掙脫糨糊狀態，「南陳果然安逸多了……從來沒有嫡長不祧的問題。我們北陳，曾經滅得只剩下兩個幾乎要出五服的旁系女兒，交付守鑰女教養長大，招婿過繼以續嫡長。」

「歷代以來，嫡長向來是宗法上的，從來不該是血緣上的。」他的眉皺得更可怕。

陳十七愣了愣，心中有所觸動。

「不是的。南陳……也不安逸。」回了這一句，她又默默無語。

東漢末年，天下大亂。熬過了三國鼎立的群雄割據，卻又陷入了五胡亂華的動盪不安。長長一兩百年的戰亂不堪，在這種亂世中，江南陳家曾經被譏為「不節之臣」，不管政權怎麼更迭，很快的臣服，對稱帝者何人保持一種漠不關心的冷淡。

但這麼只為百姓、獨善其身的態度，還是引來幾次滅族之禍，只是沒像北陳死得那麼乾淨……

想想也該然的。南陳到底還是身處政治比較穩定的江南，北陳卻在戰禍更甚的北方。北陳俠墨的態度又更激進，在亂世中往往會被梟雄盯住成為目標。

「終究是比你們安逸一點。」打破沉寂，陳十七又開口。

陳祭月不知道該怎麼接話。比慘有什麼意義？北陳慘烈，南陳也沒好到哪去。北陳面對的是亮晃晃的刀槍劍戟，南陳面對的是朝堂陰謀詭譎。死得多或少，憑得是運氣，武力過人攻防凌厲精巧、心機過人計謀百轉千迴，還是躲不過蒼天的會心一擊。

「亂世中，誰都是上天捉弄的螻蟻。」陳祭月勉強的回答。

陳十七同意的點點頭。

言語間，不知不覺已經走了很長一段緩坡路，陳十七駐足，設法喘勻氣息，陳祭月也停住，關心的看著她……病白的臉頰浮上太豔的霞暈，有種驚心動魄的感覺。

也是這種時候，向來近白的脣才有顏色，淡淡的，如兩側道旁飄落的櫻花瓣。這樣病弱的身軀，不知道怎麼會棲息一個這樣陰險狡詐卻剛強不屈的魂魄。柔弱的外表只是偽裝，拿來迷惑旁人，一個這麼會裝的南陳娘子。

明明知道她是個表裡不一的人，明明親眼見過她猙獰致命的月季刺。

但誰來解釋他現在何以如此心悸失措和狼狽。

「為什麼呢？」他又不用頭腦的開口，「我如此心慌意亂？十七娘子，妳精通方脈正宗，妳說說看？妳一定比我有經驗多了。」

……這話聽起來簡直是調戲了啊！

陳十七沒好氣的抬頭望著陳祭月，只見他過盛的威儀褪去，狹長的鳳眼滿滿沁著煩惱和無助，卻像是揭開了嚴厲的簾幕，乾淨澄澈的望過來。

他真的很慌亂了。

但是……該怎麼回答？她有過這類經驗嗎？或許有吧……但她想到的卻是破碎之後的慘傷。

許多常識和典籍在心中盤旋糾纏，沉沉浮浮。她先想起來的是馴犬者的小故事。

馴犬極厲，主不允不食。後主死，犬得膳不食，亦死。

老天爺就是這個馴犬者，將她教得很乖，壓過求生本能，寧死不屈……她還真的死過一回了。

這個不行。陳十七想。這個無法解釋清楚……就像她的想法總是難以說明清楚，總有一股沁骨的疲累……織構計謀對她而言雖繁卻最簡。最不容易的是怎麼把這些她覺得非常簡單的計謀，說明給人聽懂。

常識和知識一一掠過心中，又一一否決。都無法說明。

所以她有點呆呆的看著陳祭月，大睜的深琥珀色瞳孔，有種渙散的無能為力。

讓陳祭月覺得很不忍，「算了。別想了。」

「……我被教乖、教會了。」陳十七低聲答，「所以我不記得，也不知道。」

說完又後悔，這樣誰聽得懂？豈不是解釋得更含糊？陳十七有些懊惱。她對自己哥哥們從來沒有什麼隱瞞，即使常常被一些啼笑皆非的傻問題問得啞口無言，還是會設法尋到能符合他們智商的答案解釋，異常耐心。

她就是這樣對待十一哥，也習慣性的這麼對待少主大人。

但她的回答卻讓陳祭月感到一股刺骨錐心的強烈痛苦。他為什麼那麼沒腦子的問這種問題。陳徘徊淪落到這種地步……他居然去問她最不堪回首的前姻。

陳十七瞠目看著陳祭月的慘傷，一時失措。

懂了？

怎麼會？我自己都不知道我在說什麼呢，你怎麼懂了？

莫名的，胸口有一股帶刺的暖流，幾乎引得她鼻酸失態。

不喜歡這種奇怪的感覺。

「不要去想了。」陳祭月恢復威儀，聲音卻有些低沉的溫柔。「再不要想。」

「嗯。」陳十七和順的點頭。

遲疑了一會兒，她終究還是沒開口。少主大人離她太近了些……害她的傘得換肩捎，不然會戳到他。

還是沒叫他走開。應該叫他走開。

她覺得有些混亂和迷惑，突然變笨了……好像跟十一哥差不多。

走過長長的緩坡路，岔入羊腸小道，曲折蜿蜒，草木瘋長，歧路無數。

最後突然眼前為之一闊，只見一狹谷山泉濺濺，匯集成流，兩岸蓊鬱，卻都是高大挺拔、整齊的樹木。

姿態嫻雅端整，所謂有木其華。

「紫薇？」陳十七終於從迷茫思索的狀態清醒過來，不禁驚呼，「不是讓恭肅鄭太后左遷到陪都了？」

「當時的陪都是華州。」陳祭月面無表情的說，「紫薇沒辦法在那邊過冬……其實沒幾棵抵達華州，全滅了。被威皇帝親封的鄭后，殲滅了。」

他望著陳十七氣喘微微、慘白的面容，突然很想讓她多了解自己一些，讓她明白，他是什麼樣的人，俠墨是個什麼樣的墨門。

很想告訴她。

「只餘一棵幼苗，躲過鄭后的毒手。北陳俠墨將那棵移植到這裡，巧佈迷途，才舉族遁退。」陳祭月的聲音慢慢悲痛，低沉。

陳十七怔了怔。她知道這個傳說，聽族老提過。畢竟發生在高祖父那代的事情，族中老人有些還記得，甚至有些年極幼時隨父兄親臨。

慕容沖在華州始逐鹿，最後吸引南北陳目光的，卻是他身邊的凰王傅氏。

「……我聽說過。」陳十七有些惘然的說，「我初上京的時候，還磨著父兄帶我來找……凰王親植的紫薇。」

正意圖南擊東晉，順道定都於京。親自領軍入京的凰王，在京郊帶文武百官親植紫薇。發出豪語，「來年領卿等從容遊賞京之夏櫻，享天下太平之樂。」

但凰王，親自擊敗了東晉，卻再也沒有賞過紫薇花開，她承諾過的「京之夏櫻」。

她棄京而去時，是隆冬。

暮春之風微暖，紫薇譁然，光影從葉隙而落，草地斑駁。

他們並肩站在一起，看著還沒有開花的紫薇。北陳的郎君和南陳的娘子。閉上眼睛似乎還能將從族老口中聽到的故事還原：

意氣風發的凰王，領著南陳的文官和北陳的武將。簇擁著那個不肯承認自己是墨門子弟，卻懷有相同熱情和同情，唯一能明白墨門子弟抱負和憧憬的，那個凰之王，親手隨她一起植紫薇。

那個吟詠著，「不知細葉誰裁出，二月春風似剪刀」的凰王。

南陳文官的低語，北陳武將的朗笑。一切都充滿希望。被打壓摧折了整個兩漢，魏晉南北朝的戰亂中屢遭傾覆、分裂的南北陳，在能夠理解墨家的凰王旗幟下，握手言和，望向那個幾乎觸手可及的，天下太平的未來。

墨家即使不能成為顯學，也能理直氣壯行於天下的，美麗新未來。

似乎都能看到，簇擁著凰王的南北陳子弟，一起遊賞京之夏櫻，百姓安樂的美好。

差點就能看到了。

「南陳如何，我不知曉。」陳祭月悵然的說，「鄭后勢大，連親植的紫薇都不能容，怎麼能容其他凰王所培植的勢力或學說？但不是為了這個，而是……北陳俠墨幾乎不能承受失去凰王的失望和憤怒。」

好不容易彌補的裂痕，破壞起來多麼輕易。北陳俠墨是這樣憤怒，憤怒的失望。沒有凰王就等於什麼都沒有，再也不能施展所有的抱負。可是扶持鄭后，南陳那批文官並沒有阻止，甚至代為隱瞞，為威皇帝當說客。

以為亂世終於可以終止。以為墨者不必再如溝鼠般不見天日。長久的希望破滅時，北陳真的很難冷靜下來。

他們把怒氣發作在南陳身上，輕而易舉的又再次分裂。怒火中燒的北陳拋棄了根基不穩、初立的大燕皇室，棄朝廷武職、舉族遷離華州。

「我們南陳的祖輩……也很後悔。」陳十七喃喃著。就是深刻的後悔，所以才留下來不計榮辱的扶持剛誕生的大燕，小心翼翼。這是曾經最理解墨門、給過他們知遇之恩的，那個凰王的最後遺澤。

「被凰王拋棄了，卻無法恨她。只是消逝的璀璨希望，總是令人非常惆悵。」陳十七語氣軟弱的細訴。

林蔭森森，陳祭月眼神溫和的看著陳十七。「北陳祖輩性情暴烈……但為什麼只是遷族沒有手刃威皇帝，妳知道為什麼嗎？」

那時應該有很多機會才對。陳十七望著陳祭月。

「當時，北陳祖輩曾是凰王直屬三路兵馬之一。」陳祭月淡淡的說，「她理解墨家子弟……真是異常的理解。她離京前送來的信，還在北陳家的祠堂恭奉著。她央求我們……顧念天下百姓，勿妄起刀兵，『謹記兼愛、非攻……節葬，莫失墨家風骨。』」

他背了一小段的「凰王遺書」。「所以北陳祖輩才罷手了。但真正讓祖輩沉澱的……是因為先皇並不是威皇帝的鄭后所出。而是凰王的族妹，傅嬪所親出。」陳祭月有些諷刺的笑，「只是傅嬪產後即死，鄭后只有兩女無子，所以假作自己親生子，威皇帝也默認了。」

……原來如此！她一直覺得奇怪，為什麼先皇高祖皇帝能扛住朝臣的壓力，堅持將「傅氏」陪祀太祖皇帝，反而恭肅鄭皇太后獨祀一殿。

既然如此，為什麼還讓凰王消失於正史之上。

傅氏，既是凰王，亦是傅嬪。傅家兩個女兒折戟於大燕後宮中。一個開國，一個繼嗣。

「后族鄭國公家，開國和繼任兩代，都手握大權，直到現在這一代才式微。前兩代鄭國公都強力打壓凰王和傅嬪的事蹟外洩。威皇帝和高祖……」

陳祭月冷笑，「都是和稀泥之輩。能含糊過，就不為這些小節所限了。當時還有北陳在宮部曲女官，傅嬪死後，內外傳遞消息，暗護高祖……但實在沒法忍耐這不爭氣的貨，看他登基就離宮了。」

安靜了一會兒，「現任皇帝卻很不客氣，得知了身世，一路追尋北陳家聚居處。我爹和一群部曲兄弟還年少，跟陽帝真是不打不相識。本來不想理他，但是……凰王的族妹，傅嬪娘娘，還是出自同源。」

「狠不下心來斷絕凰王的心血……沒有凰王絕對就沒有大燕。當時真是風雨飄搖，內憂外患。我爹年尚輕就新任鉅子，和諸部曲商議，最後才決定出山略助……誰知道又被慕容皇家坑了。氣得我爹現在想到就痛罵皇帝……」

陳祭月浮出一絲無奈的笑，「這就是，我們一直沒跟南陳開口的祕密。覺得，很丟人。」

陳十七眼神柔軟的抬頭看他，傘早就收起來了，「很佩服，一點都不丟人。我也絕對不會告訴任何一個人。說夢話都不會吐露。」

深琥珀的眼睛，也很好看。

離開的時候，陳祭月伸胳臂給陳十七，她遲疑了好一會兒，才搭上借力。這麼遠的路，她的確累了。

一定是因為累，所以一路都不想講話。陳十七默默的想。

其實她還想了很多、很多。只是無數念頭從心海而出，一晃而過，條理都很清晰，只是不太組織得起來。

回到別院，她說，「累了。」陳祭月就停下腳步，目送她進去。

但她走出三五步，突然停住，回頭看陳祭月，沒頭沒腦的說，「破軍。果然是，的確是，破軍。」

……哈？

可陳十七沒有解釋，只是微微欠身為禮，就扶著鐵環的胳臂進去了。

陳祭月呆呆的站在門口，回神過來叫住吳應，「我記得你們這批，你天文最清楚。」

吳應心中暗暗叫苦，還是畢恭畢敬的將破軍星的所有涵意講了一通，足足花了半個時辰。

「這樣，原來如此。」陳祭月有些遲滯的點點頭，鳳眼不威自厲的瞥了吳應一點，「不該說的話，就吞進肚子裡，知道？」

吳應全身的汗毛都站直了。你怎麼知道的?!你怎麼知道我正打算送信給鉅子？

「想下南洋看看嗎？」陳祭月淡淡一笑，威儀更盛，「全部十六人。」

吳應和一干部曲都快哭了。他們都是北方人，個個暈船暈到翻掉。

這比滅口沒好到哪去啊少主！

淚眼望著少主大人施施然馳馬而去，眾部曲只想抱頭痛哭。

「等等。」吳應突然反應過來，「少主和十七娘子這算……談了沒談？」

是啊，這是表白了沒有？說有吧，話題繞到千山萬里去，一路談最多的是凰王娘娘。說沒有吧，這氣氛真的很、很讓人害羞啊。

眾部曲更糾結了。判決未明、徒刑未明，連要告狀的話語……都不知道怎麼下筆。

要不要這麼不痛快啊少主！難怪在京部曲都被逼得神叨了。

突然好想回家……回青州老家。我想回家啊娘！京城真不是善地……

吳應抬頭望月長嘆，其他部曲也應和著短吁。每個人都惶惶不可終日。

清明過後，陳十七病了一場，雖然十來天就痊癒，但前三天竟然非常凶險，以至於每五日晴雨無阻的群醫辯證破天荒的停了下來，足足停了一個月。

不說金鉤、鐵環嚇壞了，其餘部曲非常憂心，陳祭月的臉就沒放晴過，一整個天寒地凍。

大夫們流水價的來，最摸不著頭緒的就是他們。照脈象看，就算沒出師的小徒弟也看得出來，不過是夏季風寒，春夏交會天氣不穩，大抵是貪涼導致的小傷風。只要開一劑避穢化瘟的方子就好了……照理不會昏迷不醒。

一直呈現昏睡狀態的陳十七模模糊糊聽到幾句，自己也納悶，診斷無誤，就是個夏季風寒……為什麼會眼皮像是被膠黏住了，身體沉重無力，不斷昏睡或淺眠？

其實是叫得醒的，醒來也知道吃喝拉撒，一切安好。但是閒坐都會打盹，最後還是被架回床上繼續睡。

就在第三天，她從昏睡暫時清醒，然後陷入淺眠的瞌睡時，聽到熟悉的足音，在她床側停下。

是少主大人。

「陳十七。」他輕輕的喚，「不過是個夏季風寒，別睡了。」安靜了一下子，他又開口，「夏季風寒，除了貪涼以外，也可能是動了七情導致傷肝氣。我了解，不，天，我不知道我在說什麼……」

語無倫次了半天，陳祭月煩躁，「總之，我還沒想好。也、也不是逼妳馬上想好。妳不是最愛說，『我們要，慢慢來』嗎？就慢慢來，我、我們時間很多……姥姥的！誰聽得懂啊這……」

他鬱悶的離開了，眼睛睜不開的陳十七卻微微的彎了一抹笑容。

我聽懂了。少主大人。

金鉤送走了寒氣逼人的少主，嘆著氣和抱了一疊衣服過來的鐵環會合，進了陳十七的閨房，卻把她們倆嚇得跳起來，鐵環懷裡的衣服撒了一地。

陳十七睜開了眼睛，沁著一抹溫和柔軟的笑。病這一場，她春天養起來的一點肉又迅速消耗掉，憔悴得病弱不堪，眼眶紅紅的，眼睛卻異常乾淨、明亮。像是被春雨洗漱過的傍晚晴空，神祕、一閃而過的琥珀紅。

「十七娘子？」金鉤揪緊了心，她突然很難過很害怕，重病到這地步的十七娘子會不會是……不行了？

好像沒辦法想像再也見不到十七娘子，略想一下就疼，很疼。

「我想坐起來。」陳十七的嗓音很沙啞，卻有種軟軟的蜜意，「不要怕，」她笑起來，夾了兩聲咳嗽，「我不是迴光返照。」

真正害怕的人，可能是我。陳十七自嘲。害怕到病遁、睡遁，不想面對現實。

這樣心思軟弱不堪的我。

金鉤鐵環一擁而上的扶起倒水，噓寒問暖，語氣都很激動、感激。

這麼可愛的俠墨子弟。這麼可愛的……少主大人。

是，我們不急。沒什麼好急的。我們要，慢慢來。

我們有很多時間。務必要，仇者痛而親者快。事有輕重緩急，我們要，慢慢來。

她倒下後第五天，外人還不知道她已經退燒清醒，流言把她的病情越傳越重，已經傳到快停席了。

陳十七剛接過一碗白米湯，慢慢的喝時，鐵環一臉古怪的進來。

在她臉上一轉，陳十七露出詫異的神情，「早上才掛櫻色帶，懷章兄現在就來了？」

鐵環只覺腿軟，踉蹌了一下。娘！十七娘子好可怕啊嗚嗚……為什麼我會一直想服侍她呢？難道十七娘子真的是九尾狐嗎是嗎是嗎?!

「呃……我不是要嚇妳。」陳十七訕訕的，轉頭跟已然麻木的金鉤說，「將懷章兄請進來吧。」

其實這真沒什麼難懂的。了解鐵環的個性，就知道她向來神經挺粗的，不太會喳喳呼呼。這種粗神經加上墨家子弟的傲氣，真的不把權貴放在眼底，誰來都一樣，還敢跟安親王妃談笑，把安親王世子抱起來玩飛飛，嗆宮梅縣主沒商量。能把她鎮住，還兼嚇到的，也只有太子殿下慕容懷章。

懷章進門，眼睛在陳十七臉上轉了轉，不忍的說，「急什麼。」

「是，我才要問懷章哥哥急什麼。早上掛帶，中午就來了。」陳十七沒好氣的回。

「……這時候來，才不會挨阿九和十一的打。」懷章嘆氣，「妳病起我就急了，既然掛帶，我當然趕緊來聽吩咐。」

「呿。你這話唬十一哥剛好，唬我就差太遠。」陳十七毫不客氣的戳破他。

懷章發笑，只是笑容越來越模糊。有的人，認識一兩年，就意氣相投，一個眼神就能彼此了解。念念不忘，不斷懷念過往的點點滴滴，常常暗恨為什麼不是自己兄弟姊妹或血親。

有的人，是血親，日夜相處，卻恨不得將她塞回母后的肚子裡重新打造，從頭到腳從內而外沒有一點合得來，常常納悶為什麼那個白痴會是我一母同胞的「妹妹」。

陳十七看著懷章含糊感傷的笑，放下米湯碗，柔聲說，「懷章哥哥，我沒事，別擔心。」

懷章又嘆氣，非常落寞，而且老調重彈，「為什麼我沒生在你們陳家呢？」

「喂！害人害己啊你！」陳十七厲聲，然後被自己嗆到咳了好幾聲。

懷章也知道這是害人害己。但是認識陳九、十一和十七，在國子監讀書、同文館廝混的那段日子，可能是他一生中最愜心快意的日子。也是第一次……對「太子」這個位置感覺到疲倦、厭膩。

他嫉妒陳家的堂表兄弟，卻只敢羨慕陳九和陳十一。

徘徊這樣的妹子，只能靠老天爺垂憐，撞大運才有，嫉妒不起。

「堂哥也好啊。」懷章發牢騷。

「已經是哥哥了，不要計較哈。」陳十七重新端起有些涼的米湯，一絲不苟的喝完。

他有些煩躁的搔搔頭。思忖了一會兒，決定不提了。當年父皇的確有意動，想聘陳十七……其實是看他這個嫡子可憐。難得跟這一家兄妹合得來，聘了陳徘徊，就是真正的姻親了。江南陳家家風極正，又難得是孤直之臣家，這樣的未來后族讓人放心。

但懷章大驚失色，已經力陳不可，讓深覺可惜的陽帝收回成命。為什麼前半截兒會洩漏出去……他查了很久才查到慧妃頭上，他親愛的大哥親生的娘。

早幾年還覺得疑惑，現在終於真相大白。再也沒有比這更能離間他和陳家兄弟的了。他親愛的庶母慧妃娘娘，真真不遺餘力的孤立他，丁點助力都灰飛煙滅。

「當年的事……是慧妃？」陳十七遲疑了一會兒，還是問了。

「嗯。」懷章早習慣了，一點訝異都沒有，「放心，我沒讓她好過。」

……也是。慧妃娘娘原本是慧貴妃，一頭栽倒，還失寵到只差進冷宮。

「你也知道……」陳十七舉了舉大拇指。

「是，查了慧妃娘娘的底細。鄒家沒那本事……慧妃娘娘也沒有天賦異稟。但我親愛的大哥聚集文士，編纂『大燕文集』，已經十年有餘。」他微微冷笑，卻泯滅不了那種天生的貴氣和慕容家固有的、太美麗的容顏。

兩個人相互看了一眼，心領神會的一笑，一起端起茶碗。萬般謀略已經在這一眼相互理解了。

像是回到以前的年少歲月，在同文館談笑用兵。他和陳九、十七相對而笑，整得那些驕縱的紈褲子弟雞飛狗跳，同時也激得看不懂的陳十一氣得大吼大叫，抓耳撓腮的拚命急。

他不是只懷念徊姐兒，他還懷念陳九、陳十一，和那段知己相投、意氣風發的年少歲月。

陳十七感慨之餘，卻也大略的了解懷章兄的打算。他是支持要給海寧侯好看的，也明白她掛帶請見的用意。

他們原本都是講求心正，卻手段靈活的聰慧之輩，不在乎善巧。

翻譯成白話就是：「懷章哥哥我挺妳！妳想把海寧侯那白痴混蛋整到腸子都流出來，哥哥幫妳！不過就是見個面加重砝碼嗎？哥哥來了！時機保證是妥妥的！哥哥知道妳也在幫我整大皇子，哥哥承妳情了！」

跟懷章兄談話就是這樣好。不用一直解釋……可以說，用不著解釋。世間她也只知道還有九哥也如此。

少主大人……還是差一點。在她跟前總是突然變笨。

她微微的彎起一抹微笑。

「徊姐兒，妳這麼笑好可怕。」懷章抖了抖，「是哪個倒楣鬼？」

陳十七瞪了他一眼，顧左右而言其他，「也不用這麼急著來。」

懷章安靜了一會兒。很不祥的安靜。

「嗯……不趕著來，等十一進京了，我可能被妳整得腸子都流出來。」懷章坦白。

陳十七面無表情的看著他。

這個時候，就不覺得跟懷章兄談話有什麼好了。

壓力真的挺大的。懷章默想。卻是很懷念的壓力……但沒有懷念到讓陳十七施展手段對付他，別鬧了。

他咳了一聲，陳十七面無表情的抬眼，「我家十一哥應該借調徽州辦案。」

懷章趕緊承認，「我是推了把力……稍微的。」

陳十七微微高聲，「恩將仇報啊你！」

趁現在趕緊的說開了。惹惱了陳十七徘徊，腸子未必會流出來，但絕對生不如死。幸好她脾氣溫婉，不輕易動怒。

「是，我本就答應妳不把陳家拖下水。」懷章痛快的答，「所以才設法讓十一去徽州查案，而不是借調阿九。若是阿九可能就……嗯，我料不透那小子。但妳該對十一很放心吧？他就是一條筋，除了辦案以外還是辦案。埋頭幹事以外，其他就……視而不見。」

他很謹慎的遣詞用句。知道自家哥哥腦袋有點轉不過來，是一回事，被別人指著腦袋說笨，那又是另一回事。

看起來效果很差，陳十七冷冷的看他一眼，低頭思索，「神捕？」

「對，因為他是天下第一神捕。」

陳十七比較放鬆了。她早該知道懷章兄會有分寸，不過是關心則亂。

想罵懷章兄兩句，又看他一臉疲憊。也明白，他既然站定了立場，明面上他幾乎手下無人可用，想用就得朝他老爹皇上借用。但眼前面對奪嫡的壓力，身為父親的皇上很尷尬。

沒有抓到真憑實據之前，懷章兄不會上表以告。畢竟那也是他爹的孩子，而慕容懷章，終有一天要扛起天下這個重責大任，不能老靠父皇替他上山打老虎。

「不想參與你家的破事。」陳十七幽怨，「我都已經跳下去幫忙了。」

「順便幫忙。」懷章沒好氣，「完全不是主要目標。」

「懷章哥哥，我沒醫你？」陳十七不滿了，「你連診費都不給。」

「欠著欠著，」懷章唉聲嘆氣，「現在我挺窮，用錢的地方多了去。」

「應該讓人來瞧瞧你的真面目。」陳十七發牢騷。

懷章笑了兩聲，「別。我英明仁善的形象撐起來不容易，垮起來挺簡單。」

簡短說笑了一下，懷章原本陰沉的心情就開朗不少。可惜他要見這個妹子非常困難，他還費力操縱流言把十七的病往誇大說去，人快死了，他這個太子殿下顧念情誼來探病，才能不給人留話柄──明面上。

「海寧侯確定能接西大營副統領？」陳十七最後問。

「是。十一也是來京覆命而已。原本只是一樁謀殺案，卻是個重要線頭，事涉慧妃嫡親妹子嫁去徽州的程家。徽州快要成為程家的了……稍微有點規模的世家全滅。程鄒兩家的子弟霸佔徽州上下官位……」

陳十七揚眉，「收拾地方勢力？」

懷章肯定的點點頭，好久沒這麼鬆快，不用說太多，就被了解。他一輩子最煩就是解釋，偏偏只能凡事都得有合理解釋。還好他家親愛的太子妃雖然端凝慎重，逗她笑是個困難工程，但比佪姐兒就差一點點，可以很快聽明白，需要解釋的地方不多……

不然真不給人活了。

老娘拖後腿、親妹子拖後腿還得收拾爛攤子。他親愛的大哥和親愛的妹婿結成一黨謀算他的皇位性命，親大哥還特別針對他的子嗣，意圖把他弄成「不行」。

太子妃再傻一點、鎮不住場子些……

他真不用活了。

多大點事，用膝蓋想就該知道了。他總不能吃飽太閒讓十一千里迢迢去特別查一個鄉紳命案，就是徽州傳來的消息讓他警覺。也是佪姐兒透露過他親愛的大哥喜歡隱約蜿蜒的跑後宅關係，他才意識到，然後朝那方向追查，果然讓他查到那些妄想從龍之功的傢伙，已經在地方開始滲透了。

吞併田土，謀財害命。反正天高皇帝遠咩，上下其手，眾手遮天。不但獲得大量財貨，而且鞏固鄒程兩家子弟的出仕前途。很陰險、很毒辣的好棋。

但知道慧妃唯兒是從，方向對了，一切都水到渠成般的容易追查。徽州，只是第一個。

可這樣簡單的事情，就夠他解釋到想投河。

所以他嘆氣，慢吞吞的離開，很是依依不捨。

離了陳十七的別院，懷章信馬由韁，好不容易提振一點的心情又筆直滑落。

真不想去。十二萬分不想去。但他出宮了，沒去她那兒晃一圈……將來她知道一定又會吵鬧。

所以懷章很沉重的往柔然公主府去。看著她精緻絕倫、美豔燦放的容顏……在心底，很沉很沉的嘆一口氣。

他不敢問徊姐兒，甚至不敢討饒。因為她……真的沒有認真做什麼。徘徊真的要針對柔然，他的親妹子早屍骨無存。

但他知道，真的知道。柔然已經死了。在母后非常智缺的懿旨和毒酒之後，他的親妹子柔然公主，是死人了。而寵溺柔然的母后，失去這個比命還重要的親妹子，也等於是死了。

現在他真的很難過、煩惱，而且無能為力。徘徊就像他另一個親妹子，他現在的心情就是兩個妹妹相互為仇，不死不休。他已經很丟人的求那個被害的妹子饒恕，就因為害人的妹子經不起人一指。

可真的沒辦法。太子妃終於受不了，點明她不再往公主府填人。

「雖是奴僕，也有一家老小，也會悲戚啼泣。」向來嚴肅的太子妃，難得露出傷心的表情，「我不能再把人派去給公主杖斃。」

這就是她十二萬分之傷心和埋怨了，所謂冰凌之一角。

沒有人手在內看著，完全不受控制。他身為大燕儲君，忙得焦頭爛額，已經竭盡所能。

結果這個讓他無奈心煩的親妹子，完全抓不到重點。問她正經事糊裡糊塗，什麼都不知道，但聽到他剛從陳徘徊那兒過來，就扭曲嬌容的哭鬧了，口口聲聲問太子哥哥什麼意思。

「什麼意思？」懷章苦笑，「意思就是，妳要改，妳一定要改好！把妳的嬌氣、嫉賢妒能全部改掉！不然妳會死，對的，妳會死！妳安享富貴不好嗎？誰能委屈妳？是妳自己委屈自己！」

但她還是鬧，像個小孩子似的拚命搖他的袖子，他真的很想把她一把摔到牆壁上。

拜託一下，妳不是小孩子了啊！嫁給如琢之前還好，如琢不明不白的死了，她就變本加厲了。

其實他是知道的，只是沒有證據。但還是讓他毛骨悚然，頓生「我的妹妹哪有這麼狠毒」的震驚。

他真正想對柔然吼的是：妳搞屁啊?!哭著嚷著一定要嫁給年方十八的狀元郎，同文館氣質最好的如玉公子。怎麼到妳手上不到一季就掛了?!妳真是我妹妹嗎?!我雖然常喊著要把人腸子整得流出來，也從來沒下過這種狠心照辦啊喂！

妳再不改，真的死定了。

「你若真的比疼陳徘徊還疼我，是我的親哥，就把陳祭月弄來給我！」柔然公主梨花帶淚的撒嬌。

陳祭月？大理寺司檔陳祭月？

懷章太子殿下華麗麗的憤怒了。

妳，堂堂大燕朝嫡公主，封號柔然，並且已尚駙馬。然後要我這個儲君，懷章太子去綁架朝廷命官給妳狎玩當面首？

妳有沒有搞錯啊～～

勉強忍住吐血的衝動，懷章太子拂袖而去，只覺得眼前一陣陣發黑，氣得不輕。他娘的能不能更荒唐一點？他只聽過昏君，從來沒有聽過昏公主。

這不是發花痴，而是發瘋了。

「來人！快馬去御醫局！請院首給柔然公主看病！」懷章決定讓專業的來，堅定的回東宮了。

他終於忍不住對太子妃發牢騷，「我真的想換個妹子。」

正在幫他收拾書案的太子妃，清豔的容顏依舊如冰，只是淡淡的無奈，「殿下，換妻較易，換血親之妹難。」

「想跑？」懷章警惕起來，「想得美！別忘了咱們結髮了！妳肚子裡都有孩兒了，跑什麼跑？還能跑哪去。」

太子妃根本就沒理他。

只有在她面前，才會知道，「英明仁善、儒雅寡言」的太子殿下……事實上是個話很多的話嘮。

形象真是太破碎了。

*　　　*　　　*

陳徘徊去夏進京以來，一直都是個話題人物。

曾經是錦繡徘徊的才女，嫁與海寧侯後卻鴆毒不死，一紙休書給柔然公主騰位置。是上天代之雷霆憤怒，據說能呼風喚雨，溝通陰陽的神醫。

極具傳奇性和話題性，異樣的容貌，觸怒她非傷筋動骨不可了之，可怕的是，都不是她做了什麼。

神祕、能予人多子，卻又帶著驚悚和不可知。

看看跟她攪和進去的都是些什麼人吧。向來囂張跋扈的柔然嫡公主被她無視，派出的刺客，無一活口。海寧侯丟了自己京城兵馬監的差事、堂堂天子女婿就這麼失了帝寵。兩代皇后的鄭國公家，現在關門課子，夾緊尾巴，異常低調的過日子……死了一個五公子，還瘋了鄭國公夫人。

宮梅縣主刻薄了她幾句，現在已經快被夫家把她和丈夫一起除族出去，天天在宗室院那兒朝慕容宗室的族老哭訴，沒人敢跟她往來。

甄家雖然是個不入流的員外家，但攪進去一個被誤傷、差點傷重而死的忠勇伯。

這些就夠讓人津津樂道了，結果，初春到初夏，陳徘徊已經偶有赴宴，不是那麼神祕了，但圍著她的緋聞卻更讓人驚奇，又有那麼點意料之內。

懷章太子曾白龍魚服的在國子監讀書，陳十七及笄那時就傳出過皇上欲聘為太子妃的傳言，懷章太子又與陳家九郎敏思為至交，陳徘徊十二、三歲時就認識，呼其為「懷章哥哥」。

說沒點什麼貓膩，實在太對不起八卦眾的殷切企盼。而且懷章太子不負眾望的親登過徘徊別院。

一定有些什麼，不然向來不為懷章太子所喜的駙馬都尉海寧侯，怎麼能被扶上「西大營副都統」這樣位高權重，掐著京城最大的重兵副手？

大家都知道西大營總都統百勝侯是個飯桶，之前是范統副都統在總理事的！要不是因為強奪民女被告上大理寺，這個妥妥的副都統位置怎麼空得出來？空出來怎麼輪得到失帝寵的海寧侯？

這才是八卦眾心目中，威力最強大的緋聞！

陳徘徊是海寧侯的下堂妻，懷章太子對陳徘徊仍舊情綿綿。據聞陳十七與海寧侯藕斷絲連，這個「西大營副都統」，是她替前夫跟太子求來的！

看看！三角苦戀，青梅竹馬、鴛鴦棒打、長跪問故夫……哪齣戲都不缺啊！嘖嘖，這個看起來病弱不堪的徘徊娘子，都過摽梅之年了，還能吊住兩個才貌兼具的極貴佳公子！

實在非常有想像空間，比她能治不孕之癥還迴響熱烈。畢竟真的關心子嗣的，還是限於內宅後院的婦人，但這種緋聞卻是每個人都能夠遐想談論的。

什麼？證據？你瞧瞧吧，徘徊娘子病得快死的時候，誰飛奔去見？咱們儒雅玉立、文章風流的懷章太子。然後怎麼著？根本不在考慮名單內的駙馬都尉海寧侯，就接了西大營副都統的位置，聽說是太子暗助的。

你總不會以為是為了跟太子超級不對盤的柔然公主吧？這麼想就太淺了。

京城很熱鬧，非常熱鬧。陳徘徊關門養病，都沒能冷卻這種熱鬧。

陳十七披散著銀髮，不住的發笑。「所以已經到了禍國妖姬的地步嗎？」

向她報告的金鉤有幾許尷尬，「……那倒還沒有。可是，已經有人說話不太好聽，不知道會不會……還是先手防備比較好。」

「不用。」陳十七整理了袍裾，端坐著倚憑几，「不用作什麼。」

「可是……」金鉤憂慮的抬頭，卻看到十七娘子異常篤定，溫雅的面容，彎著一鉤淡淡的笑。

「這是個檢視的機會，很好的，檢視。」陳十七耐性的解釋，「看看我去夏到現在，在京的所有作為，是不是偏離了方向。然後，我們才知道能不能夠修正，該如何修正。」

……所以事實上，一切都在十七娘子的盤算內嗎？金鉤背後不知不覺的沁出冷汗，明明已經入夏。

雖然荒誕，但她真的有點相信流言中的一種。

都說陳十七徘徊，是屬吉兆的靈獸九尾狐降世。所以操雷電不忍傷人，通陰陽能送子，入京太子有嗣，國有大喜。

她真的快要相信了。

鐵環已經信得鐵鐵的，每天要睡覺前都虔誠的朝娘子的方向拜一拜，而且堅信沒有立刻被少主流放是因為娘子的庇佑。

荒謬。她真的很想跟鐵環說。但一直都說不出口……因為她也越來越懷疑。

不然很難說明這種帶悚意的敬畏。

陳祭月沒好氣的進來，在廊下坐下，「妳知道海寧侯把我捉去幹嘛？」清明後他也沒能輕鬆，陳八吵他吵到清明，清明後換在京俠墨給他惹亂子。為商的快被徽商壓死了，細究源頭卻是大皇子的撈金動作。

這次他不敢找陳八，直接告到陳六那兒，反正懷章正嫌大皇子的把柄不夠多。

陳十七在他臉上轉一圈，「把你捉去赴宴吧，然後說服你去見公主。」還有微微的酒氣呢。

陳祭月啞然，有種又氣又好笑的感覺。沒有什麼能逃過她的細察，早就該知道了。「妳這樣累不累啊？別什麼時候都盤算，傷心血。病才好多久？不用急著去看病，京城又不是只有妳一個大夫。」

語氣很平穩、似乎如故，只有陳十七可以敏查到那埋得很深的關心和溫柔。

她有些訕訕的垂眸，「不是誰都值得費心思的。」

陳祭月板著臉，將視線投到屋外茂盛的月季，風中暗香浮動。不這麼板著，他怕自己會咧嘴傻笑……太蠢了。

一時寧靜，兩個都貌似若無其事的相對飲茶，姿態再端莊也沒有。

金鉤送上茶就趕緊拖著鐵環走了。你們倆……就可勁兒的裝吧！越裝越好，省得殃及無辜……特別是他們這群倒楣的部曲。

「靈獸什麼的，太假了吧。」陳十七打破沉寂抱怨，「不用作什麼的。」

「我只在陳六面前提了個頭。」陳祭月拒絕背黑鍋，「我猜是他跟陳八商量了。只有那一肚子拐的兄弟才會搞出這種不靠譜的流言……但是越荒謬反而越有人信。」

陳十七微偏著頭看他，「少主大人，你沒推波助瀾？」

咳了一聲，陳祭月努力控制表情，「……一點點。那個，聽說吧，十一哥要上京了？」

……我記得，你比我家十一哥還大幾個月。喊十一哥好嗎……？

「嗯。懷章兄暗推他去徽州辦案，拔山藷似的一藤兒粽子般，牽連很廣。可沒十一哥什麼事，他就是上京向刑部覆命。」

「該不會又是大皇子有什麼陰私事吧？說起來大皇子也是博學廣記、聰慧過人，怎麼都幹這些不正道的陰私。心不正、不行正途，叫我連猶豫都猶豫不了。這種人當皇帝只會玩弄什麼帝王心術，不認真治國，絕對不能把天下交給他。」

義正嚴詞一大串，陳祭月又清了清嗓子，「聽說，十一哥不太喜歡北陳？」

其實重點是最後一句？

但是陳十七沒戳破他，只是溫順的點點頭。「十一哥比較固執。」頓了頓，「放心，我搞定他。」

陳祭月大大的鬆了口氣，懸了好久的心，終於落地。就是太輕鬆了，一時沒過腦子，衝口而出，「這是所謂的『女生外向』嗎？」

結果陳十七還沒臉紅，他已經漲紅了臉。

……我知道你又不用腦子了。陳十七默想，親自斟了一杯茶給他。

最後陳祭月喝完那杯陳十七親斟的茶，就告辭了。臨走前遲疑了一下，「我絕對不會去見公主殿下的。」

他不想平添什麼誤會。

陳十七沒有勸他留下。一定是有事情煩冗到要佔用晚膳時間，他應該……是硬擠出時間來的吧？她不由得露出一絲溫軟的笑，「嗯。但我最近……可能會見一下駙馬都尉。」

陳祭月蹙眉，怒紋顯得更深更猙獰，「謹慎點，不要讓金鉤、鐵環離開妳太遠。」想了一下，「我不是不讓妳見……」

「我知道。你怕我涉險。」

暗暗鬆了口氣，跟十七娘說話就是這麼輕鬆，她根本不會誤會什麼。「其實聰明人反而安全。可怕的是愚蠢之輩，往往會有逸脫常軌的莫明之舉……只能命名為『瘋狂』，這是無法預料，鬼谷神算都算不出來的意外。」

「我明白。」陳十七破天荒的起身相送，「保重。」

陳祭月板著臉，說，「留步。」大踏步的走出去，飛身上馬，頭也沒有回。

他不敢回頭，因為臉頰已經飛快的發燒，快要綳不住。而嘴角也越來越控制不了，拚命的往上彎。

向來主意很大的十七娘，跟他報備了要去見駙馬的事。這是以前想都別想的事情。

她說，保重。語氣有著淡淡的關心和擔憂。

那個，待人溫和，實際非常冷淡，什麼都要算計的，陳十七徘徊娘子。

她親自起身送我了。

多日的疲憊立刻揮發殆盡，滿滿的蓄滿力氣，能面對沒完沒了的門內破事了。那個憔悴病弱的陳徘徊。

十七娘。

他終於放縱自己的嘴角，痛快的朗笑了一回，馳馬迎風，如此爽快。

但他們倆心領神會，在諸部曲眼中就是淡然得跟白開水一樣，表不表白根本都沒兩樣啊！

你們是談了沒談呢？

但怎麼看，少主依舊是冰山臉，暴風雪似的威壓根本就沒有稍減的趨勢。十七娘子還是淡淡的溫和，照樣吃飯睡覺研究脈案，群醫辯證之外，偶爾會診或赴宴。一切如故。

金鉤開始懷疑少主和十七娘子之間的曖昧是不是幻覺了。

喔，現在天天喝湯藥了。讓金鉤很緊張，還特別去見了一次忙得昏天暗地的陳祭月。

「不用擔心。」陳祭月並沒有跳起來往徘徊別院跑，只是深思了一會兒，點點頭，「不必擔心。她不會讓我們……我是說，她父兄難過。所以她什麼都有數的。」

陳祭月覺得，總算是明白她了。她不會讓她父兄為她難過，也不會讓他難過。要放進她心底很困難，但放進去了，只要他始終如故，十七娘就會讓他永世安穩。

「勸她按時按點吃飯睡覺就好，其他的，隨她高興。」陳祭月囑咐了這一聲而已。

金鉤卻有點發暈。怎麼……戳破了那層窗戶紙後，少主跟十七娘子怎麼好像變得冷淡疏遠了？

結果諸部曲心事重重，常常擔憂的看獨自看脈案的陳十七，設法給她逗樂子，引她笑。

笑。

北陳俠墨子弟真是一群實誠人，異常可愛。所以，陳十七都是掛著一個溫雅的笑。

或許允許少主大人靠近，就是因為少主大人終究還是理解她的，就像她也理解少主大人一般。

他們都不是能束縛的人。最大的重視，就是絕對的信任。

這是第一個，信任她到這種地步的人。所以，她會珍惜這種絕對信任，不會讓任何人擔心。

仲夏，陳十一敏行終於擺脫了攔路喊冤的百姓，在時限之前簡直是奔逃進京。神捕的名聲的確響透雲霄，名震京城了。

但陳十七看著十一哥的時候，只是沁著的微笑更深一些，並且肯定了這一年來的努力。

金鉤、鐵環常常遲疑，覺得她當鬆的時候卻異常跋扈，當緊的時候卻莫名退讓。似乎什麼都沒做，常常陷入險境和流言。

事實上是，所有的事物都有其度，察覺該張馳的時候，時機早就過去了。必須要精密的計算，為了各種變因隨機應變，讓瑣碎零散的各種日常，能夠攢在手底，才能踩在度內，讓流水日常變成計畫中的一部分。

不管做什麼都要有意義，不管是行醫、聚診，對象不管是高門貴族還是平民百姓，哪怕只是無聊宴席、看似閒談的一句話，都該往她的目標靠攏，才能「好像什麼都沒做」，但什麼都做了。

十一哥剛從京外趕來，卻只是抱怨京城很熱，關心責罵她的白髮，卻沒有興師問罪。

這看似沒有什麼的事情，卻蘊含許多意義，值得解讀。

十一哥不是藏得住事的人。而她在京城內的緋聞已經到桃色紛飛的地步，哪怕一個字傳到十一哥的耳朵，都會讓他跳腳大罵，質問她，好選擇該去坑哪一個。

沒有這麼做就是流言僅限於京城。而這種緋聞遠播，通常都是百姓的手澤，不好加諸在家書、甚至友朋的信件。在達官貴人、書香世家眼中，這是有把柄的輕浮。

她在百姓間建立起來的聲望，讓她成了一個友善的、帶吉兆的送子九尾狐仙。

即使外傳都帶著溫情，解釋成狐仙的天魅即使是太子也抵擋不了，但也發乎情止於禮。

他們誠心的希望，這是真的。太子有嗣，大燕的朝政也就安穩了。經過幾百年的戰亂，終於得享太平，十幾年實在還太短、不踏實。希望把這份太平延續下去，已經非常厭倦戰爭了。

雖然和她原始的打算有些差池，經過少主和哥哥們的幫助，往鬼神的方向前進。但也沒什麼不好。她理解百姓的希望，不妨礙他們的夢想。

她的確努力的治癒過他們的母親姊妹或親眷，溫和的對待他們，懷抱著墨家的兼愛。的確是有自己的小算計，但她並沒有拋棄自己墨家的身分。

認為出自墨門的她是吉兆……那從墨家的明鬼角度來看，也不算錯。

而百姓們，也回報她，將她美化，沒讓這些緋聞創害她的名聲，乃至於所有江南陳家女兒的名聲，她也願意回饋，形成彼此相善的良性循環。

這些，她只要一瞬就能從腦海中一晃即明，但要解釋給人明白，多麼困難。

她溫和的看著十一哥，她世間最愛的幾個人當中的一個。

他其實很難過，只是叨念著掩飾。為了她找不到一根黑頭髮的滿頭銀絲。害我也好難過。

陳十一低頭喝茶，怕被徊姐兒看到他發紅的眼睛，瞥見過來續茶的金鉤，他神情一凜，把難過拋到九霄雲外。

「徊姐兒。」陳十一板著臉，「八哥派人送信給我。北陳的人先下去，省得我控制不住。」

陳十一很憤怒。

陳十七露出詫異的神情，八哥哥？真是的。

她緩緩彎起一抹溫雅的微笑，「十一哥，你問。我知無不盡。你知道的，我從來不會瞞你們什麼。」

雖然是自己親妹妹，這樣的笑容也是從小看到大，陳十一敏行還是微微寒了一下……然後是不堪回首的無數心靈創傷。

上有一個未卜先知的鬼谷子哥哥，下有個明察秋毫、聞一知十的妹子，夾在中間的他真是無數辛酸血淚。更不要提江南陳家已經妖孽輩出，好不容易到京城念書，又遇到一個妖孽中的妖孽，九尾天狐慕容懷章，跟他老哥小妹子狼狽為奸，結成一伙狐狸精，惹禍無數，每每被牽連。

他之所以對辦案那麼有熱誠，甚至幹出一個天下第一神捕的美名……就是相較那群妖孽和狐狸精，所有的罪犯腦筋都顯得很不好使，讓他詫異而且輕易的捕獲。

人總是對有天賦的事情特別熱衷……他絕對不承認是一種找補求安慰的心態。振作點。他警告自己。你好歹也是大燕第一神捕，不應該輕易被自家妹子拿下馬。

所以他更加嚴厲，肅穆的看著陳十七，「北陳蠻子的少主跟妳是怎麼回事？」這樣問就對了，直指問題核心，不要給狡猾的小妹子有什麼閃躲的空間。

陳十七寧靜微笑，「陳少主派人去山陽接我來京，十一哥，是你親眼所見。我奉鉅子之命，少主則奉北陳鉅子之命，有什麼不對嗎？」

陳十一有些錯愕。是啊，照這個角度好像沒什麼……不對！怎麼被繞了！

「別來這套！那小子奉他們鉅子之命天天跑來嗎?!」陳十一激動了。

「首先，十一哥，陳少主並沒有天天來。」陳十七溫柔的指出謬誤，「再者，十七在京是為了南北陳鉅子的協議，而我的身分敏感，不好牽累在京子弟，所以少主才擔任我的親長，關照我的生活。不然，一個無品階、無依無靠的失婚婦……」她頓了頓，「不太好在京中立足。」

這筆直的一箭，正中紅心，險些逼出陳十一的淚。

十七娘依附他過活，在山陽縣那樣的窮山惡水，都曾被人輕視欺凌過——雖說那些人的下場無一例外的淒慘——但也是他心底的一根刺。

這年頭，被休棄的婦人幾乎沒有立足之地。山陽都這樣了，何況拚命窮講究的京城。再沒個親長壯年男子出面打理，被欺凌簡直是妥妥的。

雖然他很肯定敢惹十七娘的絕對是沒事找虐的，下場是地獄等級，但只要想到被欺負的過程……就心痛如絞。

只恨外派官員無詔無令絕不可進京，他連跟來照應妹子都不可能。說起來好像是應該的，妹子這樣的個性也不願意讓江南陳家在京子弟背負起任何麻煩，將她邀來的北陳自然要負責她的一切……

等等。為什麼又覺得理所當然了？明明八哥信裡說得不是這麼回事……

那個可惡的北陳蠻子覬覦他老妹啊喂！怎麼妹子連消帶打，就把他帶得這麼歪啊!!

難道……徊姐兒她……

陳十一警覺的逼視陳十七，試圖從她病弱憔悴的面容看出些端倪……可惜只看到嫻淑溫雅，其他什麼都沒有。

暗暗扼腕，怎麼他能看穿所有罪犯的表情變化，就從來沒看穿老哥和妹子斯文的皮底下轉什麼心眼。

「別唬弄我，我不會上當的。」陳十一警告著，「坦白招來，陳祭月那蠻子是不是對妳有什麼非分之想？」

陳十七微偏著頭，「例如？」

剛才議親不久的陳十一漲紅了臉，期期艾艾的說，「就、就……鴛盟之類。」

相當忍耐，陳十七才沒笑出來。都議親的人了，只比少主大人小幾個月，十一哥還是這麼純真，講得這麼隱諱。

很勉強才肅容，「十一哥，你認為妳的妹子是與人私訂終身、妄圖淫奔的貨色麼？」

陳十一第一時間就慌了，「不！不是，是我看八哥寫來的信說……」

「所以你相信八哥哥，不信我。」陳十七垂眸。

「哎，不、不是！」陳十一更慌了，「我不是說妳，絕對不是。我是說那個北陳蠻子對妳起了什麼……」

「如果是姻緣，那就真的不曾。」陳十七很真誠的看著陳十一，「若說顛倒衣裳，圖一時之歡……那也不曾。」

嗯，就她所知，的確少主大人尚未提過婚事，也一直以禮相待。所以這些，都不算騙十一哥。

陳十一結結巴巴的和陳十七抗了幾句，最終還是被陳十七泫然欲泣的擊沉。甚至被誘導（或說誤導）到北陳少主義薄雲天，視陳十七為妹的微妙結論。

畢竟，就思慮周敏、辯才無礙，十個陳十一捆在一起，也抵不過徘徊娘子的三言兩語。

陳十一敏行事後咬牙切齒的去罵陳八敏言，反而對十七娘滿懷愧疚，面對北陳蠻子的少主，也非常不好意思，客氣得把陳祭月嚇個不輕。

此是後話。

等解釋了誤會（？），陳十一面紅過耳，再三道歉，把親愛的小妹子哄得破顏而笑，這才鬆了口氣，卻沒一會兒又愁容滿面。

陳十七疑惑的看著他，「徽州的案子有問題？」

「……妳說慕容懷章那妖孽狐狸找我去幹嘛？」陳十一真心怒了，「乾脆叫妳去就好啦！不然叫九哥去啊……你們才是一夥的啦，我不想替你們收爛攤子了……」抱怨了一會兒，他才憂心忡忡的問，「妳看我能不能瞞過他？」

「肯定不能。」陳十七篤定的回答。

陳十一啞然，思索了一會兒，「那我交給妳吧。給了妳就有著落了。」他凝重的拿出一把鑰匙遞給陳十七。「在我的行李中，妳自己去找，有個木箱的鎖和這把鑰匙相合。妳拿去就是了，不要告訴我。」

他有些幸災樂禍的，「這樣慕容懷章想從我這兒知道什麼……絕對知道不了。就算我不小心供出妳來了，我就不信他有那個臉皮來跟妳要東西。」

跟這些妖孽狐狸精相處久了，自然有他的生存之道，所謂因事制宜，以力打力……讓他們狐狸精自己相咬去。

陳十七只知道跟徽州案子有關，但並不真的能窺探天機到這種地步。「我不懂。」

「這個跟徽州案子有牽連，卻只是掃到風尾。」陳十一感慨，「徽州慘啊，從上到下串連在一起，侵吞田土、謀奪財產，為了財貨土地，幾乎所有有點規模的世家都破毀了，有些人丁單薄的小族，是乾脆的傾覆。這個客居在徽的留郡陳家，死乾淨了……最後一個法家傳人，我只來得及看到他的新墳。」

陳十七維持不住她溫寧的微笑，錯愕極了，「……不可能的。法家並非以傳人繼承。」

陳十一慘澹一笑，「自此以後，的確再無傳人了。」

……躲過了兩漢，躲過了魏晉南北朝的瘋狂戰亂，甚至，耳目聰敏的墨家子弟都無所察覺。這樣艱苦慘澹傳承的法家，居然是被一個風向很小，接近痴心妄想的皇子一黨，為了可笑的一點財貨和田土，被謀算到斷絕了。

「有機會妳看看吧。」陳十一鬆了口氣，「想法很妙，但讓慕容懷章知道……嘿嘿，他可不會太高興，也不會容忍。不知道便罷了，但是法家末裔苦心孤詣留下來的心血……我不想給慕容懷章那隻狐狸。」

陳十一的語氣很感傷、惆悵，陳十七也同感。

曾經百家爭鳴，如今凋零殆盡。現在，又一個百家之一，星隕了。

理由竟是如此荒謬。

這大概是，狐死兔泣。不知道這樣的命運，會不會降臨在墨家子弟身上。

陳敏行匆忙去刑部報到，陳十七倚著憑几很久，才懶懶的喚了金鉤和鐵環去尋了十一哥帶來的行李，當中一個很大的木箱。

搬到她的閨房，她只是擦去了浮塵，望著木箱，卻遲遲沒有力氣去開。

終究還是，打開了木箱。

撲面而來的不僅僅是薄薄的塵埃，隱約迴響的是，百家的輓歌，悽楚忿然，昂首問天的輓歌。

曾經盛開於遙遠時空的知識之華，所謂百家爭鳴。

南陳有任鉅子曾感慨過，若能取百家之長，去百家之短，而不是獨尊於某家，或許今日一切都將不同……華夏子民將進入一個無比光輝燦爛的時代。家族封閉式的南陳儒墨，在學識上卻是開闊容忍異端的。這位前鉅子所言，在南陳代代論辯總會提到。

啊，原本有可能實現那取長補短的願望。因為……凰王不但贊同，也是這樣做了……不然沒有辦法那麼快的統合胡漢，成為天下殷殷企盼的歸依。

但也只是迴光返照，就這麼的……熄滅希望，凋零、敗落，沉寂如死。

法家，終究還是被扭曲成帝王所該有的術法，所謂帝王心術。其他人不允許、也不容忍擁有。

沒想到會親眼看到，早已佚失、頂多看過書名的法家典籍。沒想到……還保留了管仲的三卷口傳論述。韓非子、李斯論……很多，很多。更多的是法家傳人歷代不具名的註解和草稿。

陳十七眨了眨眼睛，但火辣辣的，忍不住還是滾下珠淚。

孤臣孽子。懷憂悲憤的孤臣孽子啊！明明不為世所容，不為君王所用，甚至惹來殺身滅族之禍。這樣的執著所為何來？

兩漢時，絕望的法家傳人，代代自號「懷璧」。懷得是……和氏之璧嗎？拋棄性命、拋棄一切，只求自家學說能行於世嗎？一點都不肯屈服。

這是何等的傻啊！

結果呢？兩漢君王的刀斧沒有滅亡，魏晉南北朝的戰亂沒有滅亡，卻滅亡在天下已定、一群貪婪愚蠢的暴徒手中。

這是何等荒謬，你們又何嘗甘心呢？

這哪是一箱法家末裔的心血……這是輓歌，百家凋零的輓歌啊，充滿血淚的輓歌。

陳祭月匆匆趕來，卻沒遇到陳十一，心裡還有點忐忑。他總是忙個沒完，公事和俠墨事總是交纏繁雜……連陳十七的親哥哥來京都沒來得及接待。

其實，也沒有很多時間陪陳十七。

……這樣好嗎？她從來不抱怨。總是，很理解、寬容。

所以他會歉疚，看到她哭得眼睛紅腫，嘴唇乾裂，只覺得非常心疼，並不覺得她這樣有什麼難看的地方。

「十一哥……罵妳是嗎？」陳祭月訕訕的坐下，金鉤鐵環也搞不清楚他們兄妹在玩啥，只知道扛了一只木箱進去。

突然發現，自己不會安慰人，坐立難安，只能小心翼翼的遞帕子給陳十七。

她慘澹的笑了笑，只是握著帕子，「不是。」聲音有些沙啞的，指了指木箱，「最後一個法家傳人……沒了。」

陳祭月覺得自己的心跳和呼吸都一起停了一拍。殞落了……又一個。許久前的憂慮又湧上心頭。

墨家可能也是這樣的命運。

「不會的。」陳十七溫和的說，「不會，重蹈覆轍。雖然只有點模糊的概念……或許我們、南北陳，可以平安延續下去，不一定，要攀附明主。」

她嗓子其實很痛，眼睛依舊像著了火。但法家末裔留下一個有趣的想法。留郡陳家，雖然不同宗，但也是個很好的保護……說不定是緣分。

冥冥之中，法家不會真正斷絕，墨家因此延續的，緣分。

接過了陳十七遞過來的一卷草稿，陳祭月先是錯愕，覺得匪夷所思，但仔細想想卻覺得，不是不可行，甚至太強悍了一點。

「皇家不會允許的。」陳祭月冷靜的下了判斷。

「容不得他們了。」陳十七淡淡的笑，非常寧靜，卻有些霜寒。

法家末裔的想法非常大膽，若是他們沒有莫名被滅門，說不定真讓他們幹成了。

對於「不遇明主」這件破事，一直在等待的法家末裔終於抓狂，決定踢開皇室和官僚單幹了。

主弱則臣強。他們真正的主子應該是天下和百姓，不是那個永遠不會降臨的聖主。

所以，避開皇室和官僚，他們決定從幕僚這個非官方身分去插手，從地方滲透到中央。

想法很荒唐大膽，而法家最擅長的就是法、術、勢，治一縣乃至治一國都輕而易舉。從這個角度切入，雖然必定要成為歷史的陰影，卻可以最大程度的羅織天下。

陳十七和陳祭月切磋商量的，卻更為完善縝密，不像隱遁已久的法家，更為可行、切合實際。

魏晉南北朝時，地方官員的幕僚已稱師爺或先生，但智愚參差不齊，大燕傳世至今，不擅親民瑣事的地方官還是會雇用老吏或不第秀才為師爺。

天下政事其實都差不多，粗分為刑名、錢糧、水利等。事實上這些師爺的權力都很大，但他們既不是官也不是吏，卻幾乎掌一縣乃至一州的命脈。

若是天下身為師爺的人，都是墨家子弟，當會如何？

即使身在歷史陰影之後，墨家子弟當可架構起整個大燕，真正把墨家的抱負行於天下，而且可以避開皇家和官僚的糾紛。

「我覺得我們一定是瘋了，才會去想這件事。」陳祭月苦笑。

「或許。」陳十七淡淡的回答，彎起一抹溫柔，卻不可動搖的微笑，「但我想終止輓歌。就算是瘋狂，我也不想失去這次稍縱即逝的機會。」

悄悄的，一個夏季就這樣滑過去。沒有人注意到，初秋陳九敏思擢升為徽州州牧，陳十一擢升為山陽縣令。沒被注意到大概是因為，徽州和山陽都是山多田少的窮山惡水，形同流放。

山陽離京還比較近，徽州已經靠近江南，偏偏又三面環山，一方面海。離京不但遠，而且不利農耕，時有瘴癘，民刁俗惡，又剛出過大案，牽連甚廣。

陳九郎敏思到底有多惹上司厭惡才被發配到徽州去。

至於陳十七徘徊娘子，依舊吸引京城人的目光。終於被撞見和駙馬都尉海寧侯單獨見面，太子殿下又不避人的去探病，讓這個緋聞更桃色繽紛……但也只能桃色繽紛罷了。

實在敢真的惹她的人不多。隨著時日過去，她與麾下的十大夫治療的不孕患者，爆發性的驗出喜訊，鐵鐵的奠定了婦科上的至高權威。

雖然說，她親自診治的病例不多，但麾下十大夫將盡其推功於徘徊娘子，即使是自己治癒的病人，也都推崇於陳徘徊，依舊恭敬的執弟子禮。民間也把夫妻合診的功德，加諸於陳十七。

陳十七說過多回不必如此，但這些大夫們卻對她異常恭謹。畢竟不是每個師父都肯傾囊相授，也不可能這麼溫和的引導，鼓勵他們聚診辯方。可以說，陳十七徹底打破一種頑固的老舊態度，棄絕敝帚自珍，講究教學相長，相互砥礪。

有時候遇到比較棘手麻煩的病例，會邀集所有有空閒的大夫，相互辯證論方，她常常只是聽，只在他們迷失方向的時候導正，耐心的解釋她對藥性和方脈的珍貴知識和經驗。

甚至，她補貼這些大夫們，讓他們能夠依她的收費標準治療病人。每次不願收這個差額時，她只會笑笑，「十七不過孤身一人，諸君尚有父母妻兒需撫養。劫富貴之藥資，濟貧困之疾厄，是我的心願，卻不該讓諸君陷入無所瞻養親屬的困境。」

她甚至不是誰的師父。

真的很難不崇慕她，自然而然的聚集在她身邊，傾聽她說的每一句話。

有個家資富有的大夫被感動得很厲害，大方的將自己的別院分出來，讓病重或脈案離奇的病患入住，方便徘徊娘子會診講解。

有回陳祭月去那個大夫的別院找陳十七，只見她被簇擁著，沉穩安定的微笑，傾聽與回答，病弱憔悴的容顏，卻煥發出一種難以言諭的、令人信賴的光芒，所有的人只注視她，不分大夫或病患。

有一剎那，陳祭月恍惚了。

他在想，為什麼會那麼喜歡陳十七，為什麼會想帶她去看紫薇，為什麼會向她提起凰王。

或許，從來沒見過的凰王，就是她這樣。

你們這樣崇慕她，卻不知道，她值得更多的崇慕。她不僅僅是一個大夫治人……她甚至試圖治國。

一個，時時被疾病侵擾，被折磨的只剩下一點殘餘的小娘子，正在計畫著你們難以想像的大事。南陳已經被她說動，陳九郎敏思是第一個響應的人。

真不敢相信，這凰王似的小娘子，傾心於我。多麼讓人歡喜，又覺得惶恐，不知道自己值不值得。

心跳得如此之快。

陳十七看到了陳祭月，對他淺淺一笑，示意他稍待，就繼續和大夫們論脈，安撫病患，才扶著竹杖，緩緩踱過來，木屐鐸鐸。寬大的罩衣上，飄零的月季像是要隨風飛去。

一種痛楚的歡喜。

「……是不是要把妳關起來妳才肯好好休息？」陳祭月威儀依舊，只是語氣透露出一點點無奈。

她足足病了半個夏天，但臥床腦袋卻不肯休息，身體稍微好一點又出來奔波。

「你想關我？」陳十七微偏著頭看他，脣角沁著一個狡黠的笑。

嘖。這南陳的小娘子。

「我喜歡妳活著。」陳祭月板著臉，語氣卻溫和下來，「月季還是地植比較好。」

陶盆太小了，只會困住月季。地植才能徹底舒展，讓月季真正的、愉快的活。

陳十七立刻掉了傘，低著頭要去撿，耳朵一抹嫣紅。

原來她也會慌亂。

陳祭月將傘撿起來，遞給她。她的臉一直遮在傘的陰影下，怎麼都不肯看他。

他並沒有勉強陳十七，「我父親的信來了。他願意試試看。」

傘的陰影下傳來她有些嬌弱的聲音，「是嗎？那就好。」

凰王似的小娘子也很好，可以和她共翱翔。

大概不會有第二個男子，如少主大人這般，容忍我、理解我。陳十七默默的想。或許我可以相信，不是每個男子都會嫉賢妒能，不容女子。

機會稍縱即逝，所以她向來不放過任何機會，這些小小的機會聚集起來，才能讓她架構龐大的計謀。

所以她才沒有扭扭捏捏，而是相信自己的判斷，抓住少主大人給予的機會。

反正不會更壞了。

或許她該給自己一個機會，相信還有人能懂她容她，能夠與她九天翱翔……而不是將她折翼。

太子妃即將生產，時局緊繃幾乎一觸即發。她該做的準備已經完成。

幸好需要懾心術的是海寧侯，一個相對比較簡單的人。不然她這樣頻繁的使用懾心術，不是小病幾場可以完結的。

對象若換成大皇子……她真不知道能不能倖免。

其實，她本來不用把目標針對在大皇子身上，交給懷章兄就好了。

但是，這個可惡的傢伙，放任手下摧毀了最後一個法家末裔。他們甚至不知道摧毀了怎樣珍貴的傳承。

不可原諒。無法原諒。非讓你下地獄向法家末裔賠罪不可。

的確很任性，但是，你不該惹我。初夏時，當海寧侯親手將五石散放在我手心時，就已經註定了你的命運。法家末裔的滅絕，決定了你該待在地獄哪一層。

我找不到能夠饒恕你的理由。那，就這樣吧。

羅網已成，靜待飛蛾入網。

她寧靜的，微微的沁著一個溫雅的笑。

九月初九重陽日，太子妃誕下一個雖然有些瘦小，卻精力十足的男嬰，國終有孫嗣，儲君穩固，舉國歡騰。

太子第一時間遣親隨來報，定是歡喜的失態了。但陳十七沒挑剔這個，而是跟著徹底放鬆，露出一個真正的笑。

其實她也是很忐忑的，生男法畢竟不是百分之百，若是個嫡公主，跟大皇子的戰役，又進入長期抗戰了。

她並不想在京城留那麼久。畢竟，已經留超過她的預計了。她並不喜歡……京城。預定在京的日期，不過是三年，足夠讓她麾下的大夫學會如何思考、群策群力。

畢竟這些大夫們欠缺的不是醫術或藥學，而是「怎麼思考」而已。

不循舊苟且、重視臨床經驗、勇於開闢新思路，互補長短。

他們只是欠一個人推一把，讓他們信賴，告訴他們，這樣也可以，沒問題的，加油。

就是這麼簡單。

現在，知道自己的時間能照計畫執行，不再有意外的變因，這實在值得高興。所以陳十七破天荒的放了自己一天假，閒然的給少主大人補生辰賀禮。

陳祭月因此收到一幅畫，其名為破軍的月季，浮根倔強的攀在碎石瘠土的崖邊。水墨作畫，只有花瓣的紅用顏料點就，美得近乎傲慢。

原來破軍是這個意思。

陳祭月努力的維持搖搖欲墜的威儀，佯作不在意。「……哼。妳沒往山陽南邊找看看？說不定在什麼惡水之畔，也有株叫做心宿狐的月季。雪白，枝條佈滿了不容針的刺，折下來可以直接當狼牙棒。」

陳十七先是愣了一下，才抬袖掩笑，「好。我寫信拜託十一哥去看看。」

「喂！我隨便說說妳就要告狀？妳是小孩子嗎?!」陳祭月慌了。

散在他膝頭的、傲慢的破軍月季。和端不起威儀，有些慌亂的，俊秀郎君。陳十七目光漸漸柔和，「可能真的有。但我還是喜歡破軍……花名如星名。雖然有點蠻橫囂張，但風骨錚然。心宿月狐……太變通，已經淪為邪道了。」

「別胡說。多變通不等於邪道。心月狐星官輪值，也不見得天下大亂，大治的時候也有得是。」陳祭月習慣性的把眉皺緊，「……等等！誰蠻橫囂張了?!」

每次把他逗得暴跳，就會覺得很愉悅。

所以他離開的時候，就會覺得深秋難抵，寒侵羅衫袖。

心月狐也會怕冷寂麼？陳十七有些自嘲的想。其實我……真的越來越陰險惡毒了呢。少主大人雖然有時會害怕，還是靠過來，伸出手。

真是……傻。

正常的女人會暗誘前夫，用懾心術控制他嗎？不惜動用藥物和邪法，用話術和暗示，將前夫玩得死死的，灌輸他「陳徘徊愛他欲狂、無怨無悔，之前疑似報復什麼的沒這回事」的假象？

我想不。她想。

若是陳十七施展懾心術的事蹟敗露，恐怕她會馬上被架上柴火堆燒死了。那可是外道邪術啊。只有鄉野傳奇才會出現的詭異邪法，威力僅次於巫祟。也真的有婦人因為控之行懾心術被行以火刑的。

不過那婦人應該是被冤枉的……懾心術哪有這麼簡單。真的很容易，她何必鑽研半生，還得輔以藥物和話術，行一次就得小病一陣子。心智不夠堅韌的人根本就執行不了。

這可是傷敵一千，自損八百的慘勝啊。

但是沒有辦法，想要不牽連南北陳和所有關係人，只能用這種慘勝的方法，取得最大戰果。本來這樣就夠了，早就能逼迫海寧侯，給他難以言喻的強大屈辱，讓他瘋狗似的自取死路。

這樣，就能斷大皇子一臂，西大營軍權再次落到牆頭草……或說中立一派手裡，對懷章兄就有個交代。驟然斷絕五石散的柔然公主，會陷入瘋狂……誰讓她服食的五石散，減少了鐘乳的份量，卻額外的加了罕人所知的生御米。女兒陷入瘋狂，貴為皇后的母親，恐怕會悲痛得生不如死吧？

她不能也不願制止公主往死裡奔的舉止，只能嚴厲駁斥麾下從醫的大夫荒謬的「丹脈」邪說。

脈象，就是脈象。絕對沒有因為服丹，所以脈象就歸到丹脈，對於所有異常都視而不見。金丹其毒甚厲，病人就算不想知道，也得忠實告知。

當然會譁然，會不信。但這樣就好了。讓公主……「屍解成仙」或「走火入魔」。對了，死之前還得受罌粟毒的控制，斷藥會體會「走火入魔」的瘋狂。

她的報復，就完成了。

陳十七會知道生御米的味道，就是因為鉅子試圖復原麻沸散配方時，使用過生御米，卻因為會造成依賴性而廢止。御米，又稱罌，是果實的名字，其花名為罌粟。

可也是海寧侯把五石散獻給她，陳十七才能確定有哪些成分。熱心於功名利祿的海寧侯，怎麼會知道怎麼加減味五石散？恐怕連五石散有什麼成分都不知道呢。這大概是博學廣記、蓄養大批奇人異士的大皇子才有機會獲得吧。

自以為愛上她的海寧侯，每次都給得很遲疑，而且再三告誡她一定要散盡藥性。真是愚蠢。但照他所告知的劑量，大概能讓她上癮，卻十幾年才會毒發身亡吧。

真受不了這些把人全當作笨蛋的蠢貨。害她……得延宕時間解決大皇子，讓他知曉，意圖控制殺害她，得付出多大的代價。

加上滅絕法家的帳……真的，得讓大皇子好好明白呢。

誰讓我是個睚眥必報，心腸險惡的蛇蠍娘子呢？

陳十七無聲的輕笑一聲。計畫總是趕不上變化，她不想攪和奪嫡事也得被迫面對大皇子了。

最高興的應該是懷章兄吧？上次探病的時候高興得差點起來翻跟斗。陳十七加進來，讓懷章太子原本就周延的計畫更陰狠縝密，不動聲色的斷其黨羽，大皇子苦心經營多年的人脈和財貨幾乎是同時截斷和掠奪，勢力大為動盪。

原本，這樣逐步窒息般的壓迫，可以讓大皇子一黨在他們選定的時機鋌而走險。但凡事，總有意料不到的變因。

數。

就在皇孫誕臨的同年冬末，陽帝突然病倒，御醫束手無策，造成了絕大的變

憔悴的懷章太子偷攜了陽帝的脈案，凍得發青，身上佈滿積雪的來到徘徊別

院，探望逢冬必病、更憔悴的陳十七。

「懷章哥哥，何必相害？」陳十七喃喃著，不想碰脈案。

懷章太子沉默了好一會兒，向來篤定的眼中充滿迷茫，「……他是我爹。」

陳十七相對默然，終究還是撿起脈案，仔細閱讀起來。

陽帝的病徵危急，可分內外兩大部分。

於內苦於消渴癥＊，起碼也有十來年的病史。這毛病導致多渴多食卻消瘦，御

醫的藥方金針沒有什麼問題——這原本就只能緩解，無法治癒。

患者還是個殫心竭慮治國的皇帝，沒辦法勞體不勞心的真正休養。

＊消渴癥：病癥近似現今糖尿病，症狀為肺燥口渴多飲，胃熱善飢多食，腎虛頻尿。久病者可能會出現癱、眩暈、耳聾、目盲、四肢麻疼、水腫、中風昏迷等狀況。

積勞十幾年，此刻才爆發，可說是御醫手段高超了。

但會意外爆發，卻是因為「外」的問題。陽帝後背長了一個毒癰，原本應該是個小問題，卻因為消渴癥導致的傷口長久不癒，終至邪毒入侵，反過來爆發消渴癥最不好的昏迷。

可是已經膿爛到這種地步的毒癰，即使施以金刀，即使不考慮患者的宿疾，清創後能活命的往往十有三四，何況如今還有個棘手致命的消渴癥糾纏著。

難怪御醫不敢動手，純粹以固元為主。雖然患者會很痛苦，但可以拖，拖到毒癰自己痊癒，或者癰毒身亡，或被折磨到最後，併發其他疾病駕崩。

幾個月……說不定幾年，是拖得到的。

陳十七放下脈案，疲憊的倚著薰籠，「御醫應該把該說的都說盡了吧。」

「事實上是不該說的也說了。」懷章勉強彎了彎嘴角，「真該把那些蠅營狗苟的傢伙通通整到腸子都流出來。」

想像得到。一定是勸他不要動到外科正宗，就這樣保守的治療下去……沒說出來的就是，只要等陽帝斷氣，他就可以平安合法的登基，誰也怪不了他，歷史會是光鮮的一頁。

「我覺得御醫的做法是對的。」雖然覺得沒有用，她還是想努力一下，「懷章哥哥，你是太子。每個人都會用最大惡意忖度你……動金刀不是你想得那麼輕鬆，這責任……」

「他是我爹。」懷章打斷她，「他是我爹啊佪姐兒！柔然可以等著他死，我親愛的大哥可以等著他死，但絕對不該是我。對他們來說，『陽帝』就是『父皇』，所以我不會怪他們……但我不能啊！我受不了！陽帝是我爹，我親生的爹啊！是他親手握著我的手寫下第一字，是他抱著我上馬踏出第一步。

我沒有辦法看著他爛死在病床上！一定有更好的辦法吧？別人我不知道，但我曉得妳可以！我知道妳替孕婦割除過乳癰，而且她之後不但痊癒，甚至還能親自哺乳！」

陳十七望著懷章堅定到瘋狂的眼神，嘆了口氣。

懷章兄向來冷靜理智，甚至懷著一種黑暗惡意的詼諧，有時候陳十七都會覺得他是個危險人物。

但偶爾，他會意氣用事，情感流露。以為只是少年心性，沒想到，都當爹了，還是這樣的熱血澎湃。

幸好可以讓他熱血澎湃的人很少，恐怕連他母后都排不上號，不然還得了。

「你先答應我冷靜下來。」陳十七無奈的說，「你這樣，簡直是把咽喉露出來，給飢餓的狼群絕佳的時機。」

「……妳應了？」懷章大驚失色。他準備好可以裝滿一整艘寶船的計算都還沒使呢！

「懷章哥哥，雖然我覺得不會被你整得腸子都流出來，但已經被你帶歪了軌道，我不想邊織構周延新計策，還得同時應付你的惡作劇。」

陳十七沉默了一會兒，「……的確，並不是真正無計可施。但患者是君王，才是醫者最大的危險。華陀死於曹操、扁鵲死於刺客、文摯死於齊王。三個一代名醫有兩個就死於患者之手。所以，懷章哥哥，你得保證金刀之後，立刻把我薦去的大夫遣出宮，不管成與不成。」

「這……」懷章愣住。

「沒道理原本可以拯救千萬人的大夫，白白把命填在宮廷之內，只為了給原本就高風險的患者償命。」陳十七肅容，「這就是我的要求，你最好也跟你爹談談。還有……既然你執意要『不理智』，搞得可能牽連太廣，甚至動搖國本。那就拿出你的本領來。」

她慢慢的彎起一抹幽靜的笑，「讓我看看，九尾天狐慕容懷章的真本事吧。」

懷章漸漸冷靜下來，看著陳十七，露出儒雅的微笑。「嗯，敬請期待。」

真是的。明明可以輕易的、以逸待勞，等待敵人慌張的鋌而走險，然後一網打盡，平安順遂的步上至高無上的皇位……這才是一個真正懷有帝王心術的太子該做的。

懷章兄真是不合格。

但他若真的合格，或許，她連見面都會充滿警惕，更不要說為他所用。

為了這種軟弱的情感，她得徹底改寫計畫，甚至還得拖累北陳……真是抱歉。

「我沒辦法告訴你更多……就算你猜中了，我也不會承認。」陳十七溫和的對陳祭月說，「但我需要一個北陳最好的外科正宗大夫。我會保證他的安全。因為……我於外科正宗，還是很淺薄。」

陳祭月只是深深的看著她，眼神有著很深的嚴厲，和更深的溫柔和擔憂。

「……值得嗎？」

陳十七想了一下，「世間事，很少有真正的度量衡可以測定。但我知道，機會稍縱即逝，我若盡心盡力去做了，未來我不會為了沒去做而輾轉反側的失眠。」

「好吧。」陳祭月一刻也沒有拖延，「我派人去將北陳最好的外科正宗大夫接來交給妳。我相信，妳會將他安然歸返。」

謝謝。

謝謝你這麼信任我，謝謝你察覺到什麼卻不問。謝謝。

與你邂逅，一定是我一生中最美好的事情。

陳十七微微低首為禮，嬌弱的笑，放下所有重擔和面具般，真正的，笑。

像是即將凋謝的雪白月季，最盛美的那一刻。

陳祭月輕輕的把手放在她頭上，感受到她的銀白髮絲出乎意料的柔軟。陳十七溫順的將眼睛閉上，慘白的病容，看起來分外脆弱。

「妳隨時可以差遣。」陳祭月喃喃著，「我，在這裡。」

* * *

好不容易，才讓陳徘徊答應毒殺柔然公主，終於從她手上得到毒藥了。取得她的信任，登堂入室真不容易。

而且親眼看到她的毒藥收藏在哪個暗格。

海寧侯露出一個俊逸又得意的笑。

真是個具有挑戰性的女人……死了真是太可惜。那令人心癢難搔的風情真的是……讓人乾渴。

裝模作樣的不肯，執著的想要得回海寧侯夫人的頭銜。若不是狠心讓她斷了幾次五石散，軟硬兼施，還真不好拿下她。

好了。兩人份的毒藥，被牢牢控制住猶自劇烈掙扎的陳徘徊。毒殺公主和太子的罪名，就由妳扛起來吧。

我當領從龍之功，得娶年少美貌的貴女，子孫繁盛，享永世不衰的榮華富貴。至於妳，陳徘徊。我會說服主子讓妳活下來，只要一劑啞藥、挑斷手筋就行了。用漂亮的金絲籠子將妳養起來，餵以仙丹，直到我厭倦妳為止。

如何？我待妳很好吧？

真是個自以為是的笨蛋。陷入懾心術的幻境中，夸夸其辭的把所有幻想都倒出來。大皇子想收攏你真是他生涯規劃中最大的錯誤和不幸。

只是這個高貴的皇子，深思熟慮後想的居然是這種下三濫的毒殺，連刀劍都想省，實在是不夠魄力。

天下初定的君主，這樣是不夠格的喔。

陳十七冷笑，指使海寧侯離開讓他回報自己的主子。他走後，鐵環悄悄的進來，凝重的撿起地上死掉的雞。

「我！」鐵環還是沒忍住，「娘子我……我不贊成妳為了報復不擇手段！我不知道妳的計畫，可是，連毒殺都弄出來這個我……」

陳十七訝異了一下，抬袖掩笑。然後在金鉤鐵環的瞠目中，將剩餘的「毒藥」吃掉。

「十七娘子！」金鉤鐵環大驚失色，「來人啊！快去請大夫和少主……」

「不要緊張好嗎？」陳十七支頤輕笑，「於人無害。但長期服食五石散的人會昏睡得很深。而我，一次都沒有服食過，沒事。」

衝進來的部曲和金鉤鐵環一起目瞪口呆。望望陳十七，和鐵環手上死於非命的雞。

「貓食薄荷而醉，禽服桑子必死。」陳十七彎起一抹胸有成竹的微笑，「這劑『毒藥』真的價值千金的不易，非常複雜，可是我畢生所學的精華呢。」

也就是說，可以讓雞昏睡而死，但對人不會怎麼樣?!這這這……

「放心。我有數的。」陳十七溫言安慰。

是的，我有數。我可能是心腸險惡的蛇蠍娘子。但我跟懷章兄一樣，都有意氣用事、情感流露的人事物。

我，陳十七徘徊，絕對不會踰越身為墨家子弟的法度。這是我最終也是唯一的底限。

雖然使用禁術控制了海寧侯，應該可以縝密的騙過大皇子……這樣可怕得像是妖魔的手段。但畢竟還是手段，沒有動搖本心。

懷章哥哥，我已經將第一聲鑼敲響了。少主大人請來的大夫，也已送抵你的手中。

開唱吧。轟烈而華麗的，開唱這齣大戲吧。

就在花朝節前的華燈初上時，這齣宮變劇，即將開唱。

她設法調開了少主大人——其實很容易，只要大病一場，氣弱體虛的等待父親捎來的藥材，少主大人就會性急的截人——離京不遠，但等他回來時城門已關，大約得在城外過夜。

然後跟著海寧侯派來的人，往靠近皇宮南門的溯石別院，等待「好消息」。

她沒讓部曲們跟，但是她曉得，這些忠心耿耿的俠墨部曲，會暗地護衛。

算了，無所謂。他們的本事也夠在萬一的時候，自保。

遺書、烈於鴆酒的毒藥，都已備齊。她早就習慣將一切都絲絲入扣的準備妥當，甚至過度準備。

她相信懷章哥哥，對他有無比的信心。但是，凡事都有萬一。她不願意「萬一」降臨時，卻無能為力的慌張失措。

太失態了。

「萬一」，她會坦然認輸。大皇子一定對她起疑心而且不容她活。她會喝下毒藥立刻死亡，遺書會讓大皇子倉皇無措，漸漸的，這個用不正當手段登上皇位的新帝會發現，他想立足，還是得敷衍好低調但不可或缺的江南陳家。而憑他多疑又猶豫的性格，不太會第一時間對付官階甚低的少主大人，等他想到時，北陳俠墨已然隱遁。

是說，如果有那萬分之一的可能。

陳十七淡然而行，婉拒婢女僕從的陪伴，獨自登上閱星樓。目可即處，能看到龐大宮殿的燈火輝煌。

她仰首，天空是深邃清寒的黑暗，星光璀璨。點燈，起炭煮水，輕掃棋坪。她跪坐著，執黑子，落在天元上。

爐水輕沸，如魚泡聲，在安靜的夜裡，分外靜謐。只有冷敲棋坪的聲響，自己與自己的博弈。

此時，柔然公主已經服下「毒藥」，陷入非常逼真的「假死」昏睡狀態吧。實在吃太多五石散，太容易誘發藥性了。被懾心術控制的海寧侯，不會細查，只會興致勃勃的回報他的主子。

而他的主子，應該早就密切注意陽帝幾時動刀，將之認為是良辰吉時。就是這一天，他的野心終將得償。

陳十七放下相互對峙的棋局，點了一杯茶，姿態再端正嫻靜也沒有了。雪白的細沫飄著茶芬，異常宜人。

懷章兄的親妹婿，會親遞不懷好意的「毒」，說不定就是她手中相同的茶。懷章兄應該會如他們意的，無力拿住茶碗，碎裂一地，然後倒下。

於是，所有潛居於黑暗的鼠輩，就會聞風而至。最大的障礙已除，再也沒有人能對抗那個人，大皇子。英明神武的陽帝，如今只是昏迷在病床上，血流如注的被大夫切割的無力病人。

倚著憑几，她俯瞰棋局。果然，世事如棋。看似形勢大好，但只要關鍵疏忽，就會徹底翻轉，喪權失土。

一直相當謹慎的大皇子，應該不會捨得這樣的機會。他會踏出來，執劍想親自梟首懷章太子。替懷章太子掛上無數罪名，說不定登基後會假惺惺的賜給他一個「廢太子」或「厲太子」的封號。

陳十七提取了一大片的白子，白子兵敗如山倒。她嫻雅的喝茶，微微彎著會讓海寧侯瘋狂的魅惑微笑。

只是，懷章哥哥，你不會讓我失望吧？真希望能在那兒，親眼看到大皇子愕然並且憤怒扭曲的神情……和海寧侯如遭雷擊的晴天霹靂。

一切的野心、算計，都如蕭瑟的秋葉，飄零殆盡，只能化為泥淖。

血腥的泥淖。

她魅惑的笑更深，甚至有一些殘忍。雖然姿態還是那樣端正，並且優雅。

這不會是終點，海寧侯孫節。能熬過這一夜……接下來還有更好的「禮物」，等著你。還不是，終點喔。

這一夜的刀光劍影和血腥，你要好好記在心裡。將來你會覺得，死在那一夜，或許是幸福的事。

初春隱約的花香飄來，複雜曖昧，當中應該……有幾種是月季。陳十七美麗卻可怕的笑模糊了。

少主大人可能會非常憤怒吧。把他騙出京城。說不定……再也不想見到她。說得也是……誰受得了一直被算計利用。

以前，她完全相信自己的計謀，相信自己絕對會算贏……其實這樣有些賭徒個性。但現在……她還是相信自己的計謀，卻沒有那種信心把少主大人押上去一起賭。

這是她世間幾個輸不了的人。

對不起，我很膽小。我能笑著去死，卻不能帶著你去死。

真的，對不起。

這盤棋，下了一晚。更多的時候，她在喝茶，沉思……和等待。

黑暗褪盡，黎明的春陽東昇，她眨了眨眼，望向皇宮的方向。在遙遠的宮牆之上，許多鵝黃的大旗，如錦帶般飛舞，幾乎佈滿了整個南門的牆上。

勝利。

懷章哥哥昭示了他的勝利。

一股熱潮湧入眼眶，讓她一夜未眠的眼睛著火般滾燙。她好像想了很多，又好像什麼都沒想，所有的思緒和記憶在腦海翻騰。

最後定焦在，遙遠的年少時光，嬌小的她和九哥，與懷章哥哥商量著七色帶的代表意義，十一哥在旁邊發牢騷，說搞不清楚哪色是什麼意思。

我們同文館三狐，真的幹了一件大事喔。關係到大燕傳承的大事。

最後還是沒有流淚，她輕輕笑著，緩緩的步下階梯……然後愕然。

陳祭月站在閱星樓的門口，地上倒了一堆昏厥而且被捆起來的婢女僕從和護院。按著劍，露水順著他有些凌亂的髮絲滴落。

她突然，不知道該用什麼表情面對他。

同樣一夜未眠的陳祭月，威儀更甚以往，走到她身邊，睥睨的看著陳十七。「……原本想罵人，但是，算了。偶爾也要體諒妳一次……就這樣吧。」他伸出手。

陳十七定定的看了他好一會兒，也伸出手……放在他手心，而不是搭在他胳臂上。

真想罵她啊……凍得這麼冷。但還是覺得，這隻乾枯瘦弱的手，很溫暖。像是按在心底。

讓他覺得，一整夜守在樓下等待，是非常值得的。

他握緊了陳十七的手。

但這一夜後，卻像是什麼事情都沒發生一般。最少，表面朝堂百官和黎民百姓毫不知情。

陽帝大病初癒，在朝堂露了一面，然後讓太子監國，安心養病。大皇子卻因為染了「厲病」，所以全府圈禁避免擴散。

至於西大營部分軍隊出動，只是「誤令」、「驚擾宮門」，總都統百勝侯和副都統海寧侯雙雙免職，但百勝侯還領了一個「原職戴罪立功」，海寧侯卻被嚴責，並且「永不敘用」，爵位只到他這一代，就此斷絕。

不意外。陳十七默默的想。慕容家一貫的傳統：和稀泥。

也是。速死不是抵達地獄最好的方式。剝奪一切、幽禁而痛苦發狂到最後，才是完整呈現地獄面貌的好方法。

在地府的法家末裔應該等得起。

讓她比較意外的是，事發五天，塵埃方落定，懷章太子居然喬裝成侍衛跑來探望她，興致勃勃的要她推測那一夜發生了什麼事。

「神機妙算。」懷章讚嘆，「好像妳就在那兒，親眼所見般。」

「也不是什麼都算得到。」陳十七揉了揉角，「我沒算到的是，懷章哥哥你怎麼這時候來……還穿這樣？」

「因為我很得意，得意的不行。」懷章放鬆的往廊下一躺，「只能在我親愛的娘子面前顯擺……是她建議我出來走走的。」他發笑，「雖然覺得不該高興，但有那樣親愛的大哥……現在我晚上睡得超好，三餐都多吃一碗飯。」

「我了解。」陳十七溫雅的笑，「如果我有那樣的哥哥……」

保持著溫雅微笑，一言不發。但隨著時間過去，滲入骨髓的寒意就節節升高，已經到了令人股慄膽落的地步。

「行了。」懷章一骨碌的坐直，非常慎重的拜託，「拜託妳停止那可怕的想像。妳一定在想非常恐怖的事對吧？」

陳十七垂眸淺笑，沒有否認。

「妳早該把海寧侯那笨蛋玩到腸子都流出來。」懷章嘆息。

「懷章哥哥會這樣玩太子妃嗎？」陳十七反問。

「怎麼可能……」懷章說到一半，噎住了。對於跟自己生兒育女、共伴一生的人，也必須玩弄陰謀詭計……太悲哀了。徊姐兒對家人有種超乎一切的溫情，反擊著把他耍得欲哭無淚有，耍她的哥哥……可一次都沒有。

真令人羨慕啊可惡。阿九和十一真令人不爽。

「不說那個了。這次真的是我們同文館三狐的勝利喔。」懷章笑得一如少年時。

「我就知道，九哥還有跟你通信。」陳十七閒然，「有些謀略，有九哥的味道。」

相視一笑，無須言語就彼此心知，舉杯同賀……雖然喝的是茶。

陳十七支頤看懷章說著那些她早推算到的廢話，知道懷章哥哥只是想發洩他的喜悅和一點點憤慨——陽帝實在是個太重感情的人。

更重要的是，回憶一下，同文館的熱鬧歲月。

「……別說我沒把大夫還妳喔。」懷章很認真，「他不肯走。說重要的決戰在術後期，要等我爹真的大好才肯走。真奇怪，妳去哪兒找這麼厲害的大夫？御醫院的外科正宗都哭了。」

陳十七豎起食指在唇間，「祕密。總之，快把人還我……不然我要生氣了。」

「行，我知道了。」懷章臉色微微發青，做了一個制止的手勢，「我心臟很嬌弱，別嚇我。哎，妳到底想把海寧侯怎麼樣？透露一下……要保住他是很困難的事欸。為什麼……」

「呵。」陳十七笑了一聲，「敬請期待。」

「可憐的倒楣鬼。」懷章同情了他一下下。遲疑了一會兒，還是站起來告辭。「對了，謝謝妳派人去協同看守我親愛的二哥。」懷章嘆了口氣，「原本派去的人力居然不夠，佪姐兒真是幫上大忙了，省得殺太多人，讓我爹難過。」

起身送走了懷章，陳十七望向金鉤、鐵環，這兩個立刻無事裝忙。

……少主大人其實都知道的嘛。還幫忙補強了最可能出錯的一環……說不定根本沒出城，只是假裝被我騙了而已。

看似碌碌無為的二皇子，大可能成為太子與大皇子同歸於盡後的唯一選擇。庸人也是有野心的。可惜，他遇到的是多智近妖的九尾狐懷章太子……和我們。

雖說再也不想為任何人洗手作羹湯……說不定能為少主大人破例一下。

騎馬離開了徘徊別院，似乎還能聞到月季的餘香。

懷章太子又嘆氣，怎麼開口啊？要怎麼替柔然開口？他發現完全束手無策。

母后的眼淚和親妹子的哭鬧讓他頭疼兼心疼……但毫不受控制的柔然，就算退一萬步，徘徊願意去看病了，他還會膽寒的反對。

這不是一次就看得好的病，柔然也不肯降貴紆尊的去求診，非要陳徘徊進公主府……這明明是九成九會變成屍體出來的啊喂！他有一整個大燕要煩心，不可能次次跟著吧？

不孕就已經夠暈了，結果陳十七主張的「丹脈謬論說」、「金丹有毒論」漸漸被接受，御醫遲疑的告訴他，柔然中了丹毒，讓他暈上加暈。

為什麼啦?!別人的妹子在幫他鞏固皇權，自家的妹子只會惹出永無止盡的爛攤子！

好吧，那請徊姐兒麾下的十大夫總行吧？讓他想昏過去的是，他親愛的妹子柔然公主，已經意圖綁架、差點殺害當中的一個大夫，雖然被搶救回去，但也把所有大夫都得罪乾淨了……

就在他跟大皇子檯面下激烈暗鬥的時候。

血緣真是太蠻橫太不講理了啊幹。

頭痛很久以後，懷章得到一個結論……

徊姐兒妳快把海寧侯解決掉吧才能把柔然弄回宮不再給她服丹看御醫不然怎麼辦馬的！

不負懷章太子的殷殷企盼，果然很快的，陳十七徘徊娘子，將海寧侯府告上了京兆尹，控訴海寧侯府休書不當，要求判決義絕*。

對宮變雖略有所覺卻不敢談論的京城，瞬間譁然，被一直很有話題的徘徊娘子吸引住了所有注意力。

但再也沒有人比海寧侯孫節感受更深刻。簡直是遭受了九天刑雷兼水深火熱的無比煎熬。

不可能的。

那個愛他愛到願意藥殺公主的陳徘徊怎麼會告他？絕對不可能。就像柔然公主不可能活著卻活著，應妥妥的領從龍之功卻功虧一簣般……絕對不可能。

這些不可能的事為什麼會發生？為什麼會逼到他眼前？

握緊了劍柄，卻被劇烈的頭痛襲擊，痛得彎下腰來。

陳十七親寫的狀案非常嚴謹簡潔，甚至狡猾。

她將焦點都聚焦在「已死停席」，卻在「死後」接到休書，理由居然是「惡疾」。完全撇開與皇室有關的絲毫關係。

死人不會得惡疾因此被休，如果是生前得了惡疾……那海寧侯府該有人來說明她的死因，畢竟都斷氣停席了。

但不管是多高明的訟師，只能啞口無言。在私底下儘可談論，但在檯面上說予官府……簡直是自找死路。

這畢竟是皇后因此避居西宮，上天為之代為憤怒發雷的神蹟。

連親臨的海寧侯都無言以對。

＊義決：古時訴請強制離婚的判決。

對陳十七只剩下膽寒和敬畏的京兆尹，明快的做出「義絕」的判決，休書無效。畢竟海寧侯徹底失勢，而眼前這個九尾狐仙娘子救人無數，現於京就太子有嗣國有大喜，大大的吉兆啊！瘋了才去惹她吧?!無量壽佛無量壽佛……

嘲笑譏諷的聲浪，一波波的湧上來，海寧侯覺得，窒息，無法呼吸，像是被按在泥塘裡般狼狽。狂怒與恥辱幾乎要燃盡了他的理智。

穿著月白深裾殷紅罩衣的陳徘徊，華麗得囂張的華服，和清麗不可方物的妝容，望向身邊威儀凜然，即使著墨青儒袍依舊氣勢端凝的佳公子，眼神那樣柔和，熟櫻桃似的唇，對著陳祭月笑……

不對！通通不對！

陳祭月只該是公主的寵物，唯一的用途就是拿來頂公主死亡的罪！陳徘徊該是我的！是我的髮妻！就算我不要她也該去死而不是違抗我！她應該愛我、卑微的愛我，只求我的垂憐！

明明她就是這樣表現的！難道你們都瞎了，不知道她的真正心意嗎？她現在只是想要脅我！她明明渴望再成為海寧侯夫人！

「陳徘徊！」海寧侯孫節如瘋豹般排眾而出，拔劍刺出。

絕不容妳避逃。

電光石火間，陳十七深琥珀色的瞳孔，閃亮了一下，卻讓海寧侯眼前所有的一切都化為虛無，只剩下她明亮美麗如熟蜜的瞳孔。

或許有一天，你會殺我呢。陳十七慵懶的說。

怎麼可能？我寧可自己服鴆毒，也捨不得動妳一根頭髮。海寧侯聽到自己這麼說。

劍匡噹的掉在地上，海寧侯痛苦的握著自己喉嚨，喘不過氣，腹內如絞，心跳如鼓。像是他所知道的、曾經見過的，陳徘徊喝下鴆毒的反應。

四周的驚叫模糊了，只有永無止盡的痛苦環繞著，和不再美麗、如奪魂惡鬼的琥珀瞳孔，發出冰冷的光。

其實一切發生得很快，海寧侯衝上來時，鐵環已經拔劍準備接招……但海寧侯突然落劍，然後倒在地上發出殺豬似的慘叫，讓這個北陳第一女劍客很是傻眼。

保護著陳十七的陳祭月，只覺得陳十七握在手臂上的力道突然加重，眼睛定定的看著海寧侯，正覺得不對要喝止時，陳十七已經大口大口的嘔血，倒在他臂彎。

……這可惡的南陳娘子！

「妳瘋了。」陳祭月咬牙切齒的扶抱住她，「我以為妳不會讓我們擔心……可妳在幹嘛？濫用懾心術！」

陳十七很想說話，可一張嘴就是血。可恨，這不爭氣的身體。懾心術沒有問題，有問題的是她實在思慮過甚，超出了身體負荷，傷了脾，連累了胃。

沒辦法把暗示徹底執行，結果了海寧侯，真是太不甘心。

還污了費力錦繡的華服……只在去年姑祖母誕辰穿過一次呢。

這是她轉的最後一個念頭，之後她癱軟在陳祭月的懷裡，昏過去了。

醒來之後，她難受得想死。胃痛就不必提了，咽喉到內裡，都是一片火燒火燎，而且很冷。

陳十七勉強抬了抬眼皮，看見面籠暴風雪的少主大人，明顯自己還癱瘓在他懷裡……她的閨譽還保得住嗎？

看得到的地方都血跡斑斑，似乎很可怕。事實上，這只是看起來可怕。只要停止嘔血，吃幾天米湯，同時服藥止血順脾安胃，慢慢就會好了。

但是，少主大人的表情很可怕，金鉤鐵環滿臉淚痕，環顧的大夫宛如守喪。

所以少主大人蠻橫專制的叫金鉤鐵環把她的木屐和襪子都扔出去，她沒有發怒。金鉤鐵環將她當風疾末期看護，她也只是苦笑。

「讓妳安心養病似乎很難。」陳祭月大剌剌的坐在床邊，「海寧侯死了。看似毒發，可是他直到死亡，一直都是健康的。」

他彎了一個微帶惡意的笑，「被說是，天罰之。」

陳十七端詳了他一會兒，只看到為她的快意，和對她的關心。喉嚨還很痛的陳十七，輕輕拉著他的袖子，閉上眼睛，安心的睡熟了。

江南陳家沒有被休的女兒，維護住了名聲。夫家有罪，乃至義絕。她親手取回了自己的清白，親自制裁了海寧侯。

雖然不免病上一段時間……但是太值得了。

柔然公主根本不用管她，就會自取滅亡了。可憐的懷章哥哥……大概還希望再次守寡的柔然公主會在他能控制的範圍內……皇后娘娘的身邊。卻不知道，已然成癮的公主殿下，最可能的下場，是被自己母后豐沛的愛溺死。

金丹成癮者發作時非常可怕又可憐，皇后娘娘絕對不忍心柔然公主被折磨。會偷偷供應她特製五石散……畢竟被圈禁的大皇子還沒死，藥方還存在。

懷章哥哥，你對後宅婦人認識還是太淺薄。但還是淺薄的好，不要把心放在這些瑣碎。這不是一個明主該做的事。

雖然有些抱歉，但是，我還是必須這麼做，完全的復仇。

這樣，我才能徹底斬斷仇恨的過往，乾乾淨淨的往前走。

再也不用錙銖必較的算計。

我可以往前走了。

看她睡熟了，陳祭月才鬆了口氣。喜歡上這樣複雜麻煩的小娘子，真是、真是……

真是好。

一直不肯成家，不知道自己在等什麼……直到遇上她，從模糊到清晰，慢慢的才知道，原來一直在等的，就是她。

那個長滿鋒銳沁毒月季刺的徘徊娘子。

如此陰險狡詐，又如此堅定不屈，果斷而強悍的執行自己的目標。

表面蛇蠍毒辣，事實上卻溫柔慈悲，一個很複雜，值得了解、一路同行的，南陳小娘子。

凰王似的小娘子。

他大約沒辦法如這般喜愛任何一個女人了。應該沒有辦法。

他馳馬到宮門等候，一輛馬車終於出來，御座上的老大夫笑了起來，「我這麼大的人，難道還能丟了不成？」

「師父。」陳祭月垂首行禮。

「叫三叔。」老大夫不滿，「我只教了你醫術……你還學得七七八八。我可是你嫡親親的三叔！別告訴別人你跟我學過醫！渾小子！」

「那時是蠻族作亂，我們被圍困，我不得不動手呀。」陳祭月發牢騷，「我並不想當大夫。」

「閉嘴！」陳三叔非常痛心疾首，「你這傢伙，是百年難得一見學醫的好苗子！去考什麼腐儒科舉……給你爹丟臉啊！……」

陳祭月發現，三叔應該會跟陳八處得很好……難怪他對陳八有親切感。

「三叔，拜託你幫我送信給我爹……鉅子。」三叔終於出現話縫，陳祭月趕緊見縫插針，遞出一封信。

陳三叔用鼻孔看陳祭月，「小渾球，你為什麼不自己寄給你爹？」

「……誰送信都會被撕成碎片。」陳祭月坦承，「但三叔幫我轉交，我爹應該會握著信朝你罵我。」

陳三叔狐疑的看著他，「小子，你信裡寫什麼？」這小子從小就反骨，現在又有什麼新花樣讓他老爹爆青筋了？

「沒什麼。」陳祭月很平靜，「我要成親了。」

三叔從御座上猛然站起，一腳沒踏穩，摔到地上去了。

陳祭月趕緊飛身下馬想扶起三叔，卻被三叔牢牢的揪住前襟。他沒有掙扎，只是皺了皺眉，「三叔，這樣不太好看。」

「你給我進車裡去說清楚！小狐狸崽子！」三叔把他拖進馬車內，陳祭月隨行的部曲，接過轡繩，裝作什麼都沒看到的將馬車趕往少主的宅邸。

陳祭月太冷靜的態度，反而讓三叔卡了一下。說起來，這小子年紀真的不小了，說要成親也是理所當然的事……但這全身都是反骨的熊孩子，會讓他老爹暴怒的對象，絕對不是那麼簡單。

「你要娶誰？」三叔決定單刀直入不跟這狐狸崽子玩花腔。

「南陳十七娘子陳徘徊。」陳祭月也回答得非常痛快。

陳三叔安靜下來，肅殺之氣卻漸漸濃重。最後醞釀成石破天驚的一句，「想死自己死為什麼要坑你老叔?!」

陳祭月倒是笑了笑。可見三叔也知道陳十七是誰，省了他很多解釋。

陳三叔一路痛罵到陳祭月的宅邸，都落座喝完茶用飯了，還邊吃邊罵人。陳祭月只是靜靜的聽，沒有反駁。

等他終於罵到辭窮，並且疲累，陳祭月才開口，「只要爹知道這回事就行了。至於南陳那邊，我自己會去說。應該會告知陳十七的父親和南陳鉅子。我想婚事會拖很久，但總不能爹都不知情。」

「其實，南北陳並沒有什麼真正的深仇大恨。這件婚事正是個好機會。」陳祭月替三叔斟了一杯茶，「兩個鉅子碰面，吵一吵，甚至打一架也好。說不定在議論這樁婚事的時候，能夠發現，其實南陳或北陳，並沒有什麼歧異，都是墨家子弟。」

「……娘的，你該不會都想好了吧？」三叔流出久違的冷汗。

「爹會把三叔派來治皇上……嘴裡罵得那麼狠，其實爹已經原諒皇帝了吧？爹就是這麼心軟。」陳祭月淡淡的笑。

「人老了，總是會顧念舊人。」三叔嘆氣，「要不是我自告奮勇，你爹要自己來了。」

這就是俠墨。

「我沒有想到能請動三叔……但是如果是三叔，那就沒有問題了。宮牆擋不了你的。」陳祭月肅容，「爹……鉅子也沒有怨恨南陳吧。祖輩間的恩怨，自然有其理由，但沒必要延續下去。這是個好契機，對各方面來說。」

三叔沉默了。「……我說啊，你還是滿肚子歪理。徘徊娘子我也是很佩服，想得出婦科夫妻共診真真功德無量。但是……身為南陳女還是最不值得計較的，她可是……」

陳祭月幾句話擊沉三叔，「鉅子終世獨身，我也不是第一個。我爹已經在選下任少主不是嗎？」

「我可以解釋！那是因為……」三叔急得大叫。

「因為我不肯成親。我了解。」陳祭月淡然，「有爹把關，我覺得挺好。但三叔你瞧，娶不娶陳十七，結果都是一樣的。」

最終，三叔慘敗，灰頭土臉的帶著信回去接受北陳鉅子的咆哮。

雖然應該還要扯皮很久，起碼三年五載，但這樁婚事，總算是踏出了第一步。

他去探望臥病的陳十七，很坦然的告知了一切，沒有絲毫隱瞞。

陳十七睜大了深琥珀的眼睛，有些無措，「這、這……你還沒問過我吧……」

「父母之命，媒妁之言。」陳祭月輕笑，「我總得都告知親長，商請媒妁，把該有的禮都備齊，然後才問妳。女孩兒家的閨譽，得好好保護。」

陳十七安靜片刻，溫柔的回答，「這是詭辯。」

「很真心的詭辯。」陳祭月非常誠懇的回答。

「我本來，不想再為誰洗手作羹湯。」陳十七抬眼看著陳祭月，眼睛明亮而潤澤，「或許可以考慮，為少主大人作看看。」

「等妳病好了再說吧。」陳祭月坐在床側的小凳，眼神溫柔的說。

……你們倆是說成了沒有啊?!在一旁隨侍的金鉤鐵環心底一起冒出怒吼。誰聽得懂啦！應了沒應啊?!都這個地步了還是聽不懂啦！這關係到我們到底是流放還是陪嫁的大問題啊喂！要不要連婚事都這麼莫測高深？

這樁婚事果然在南北陳都造成一陣響雷，北陳鉅子南下找到他的不肖子暴吼了一陣未果，只得到被大媒鎮國夫人延請去喝茶說和，還差點被尋風而來的皇帝使者逮到，只好心不甘情不願的離京，直接去找南陳鉅子「談談」。

最容易的反而是陳十七的父親。他風塵僕僕的從大理趕上京，探望了心愛的女兒，跟陳十七涕淚交錯的談了一天，然後把陳祭月拖去灌了一晚上的酒。

結論是：初嫁由父，再嫁由身。他相信女兒的眼光……總比自己好。

但是這樣白白把女兒送人，他又不甘心。所以，他不反對，但是陳祭月還是設法取得江南陳家族裡的同意，和她兩個哥哥的同意吧。

在陳父妙手回春的手段下，陳十七還是到秋天才真正痊癒。但是她的婚事吵嚷了近半年，還是在南北陳鉅子相互扯皮中沒有定論。

但她已經決定離京了。

或許是，懷章太子還是她的懷章哥哥，她無比珍惜這少年情誼，所以還是不想為了柔然公主與他決裂。但似乎是難以避免的。

海寧侯會控制公主的劑量，畢竟不想她猝死。但是海寧侯既死，公主又不是一個懂得節制的人。來探望她的懷章，隱約的提過，柔然公主已經連洗浴都受不了，過度柔白細緻的皮膚會因此脫皮，非常痛苦。

他們都需要一個理由，面對柔然公主的痛楚。

所以，她得走了。反正在京城能做的事，都已完畢。若不是因病淹留，她早就走了。

「我想去徽州。」陳十七對陳祭月說。

「也是。那兒才是妳能發揮的地方。」陳祭月點點頭，異常痛快，「反正婚事談下來，到哪裡都能成親。」

……說得是。

已經流浪成癖的陳父，在她癒可就離京了。陳祭月安排十六部曲隨陳十七前去徽州。

一切都安排得好好的，實在無可挑剔。陳十七對自己悵然若失的心情感覺到可笑。

但是，陳祭月送了一程又一程，已經送出京畿範圍了。

日已西斜，他還送到哪去？

陳十七喊停了馬車，扶著竹杖，垮著木屐下車。「……千里搭長棚，終須一別。」

陳祭月在馬上俯瞰了她一會兒，下馬走近她，「妳知道，當大理寺司檔最好的一件事是什麼嗎？」

陳十七忖度了半天，茫然的搖搖頭。資訊太少，她不知道。

「就是隨時辭官，都不會有人聞問。」陳祭月閒然的說。

「少主大人！」陳十七驚呼。

「妳病這麼久，我總不會把京城事安排妥當都做不到吧？」陳祭月朝她笑，威儀褪盡，真實的，面對她。「徽州事是我們一起商議的。我也覺得，在徽州才能完成我原本的心願。功名利祿，並不重要。」

陳十七靜靜的看他，「就是這樣而已？」

「當然不止。」陳祭月坦承，「我想去徽州找看看，有沒有心宿狐這種月季。

應該也是……長在亂石瘠土中吧。十七娘，真正擁有一株心愛的月季，並不是將她移植到自己的園子。就像妳不會把破軍移株一樣。」

「真的深深愛她，就會在她旁邊築起草廬，陪伴著她。陰晴圓缺、霜風雨露，盛開或凋零。既然是最心愛的、唯一的月季，不管什麼面貌都會愛她如初，捨不得傷害她的一花一葉，甚至是美麗鋒銳的刺。

這樣，才是真正擁有一株名為『心宿狐』的徘徊花，最正確的方法。」

陳十七打起傘，將臉掩在陰影下。

「……我想去走走。」她的聲音很低。

陳祭月將傘沿抬起，「我跟著妳。」

陳十七抬頭，頰上淚珠如露般滾落，卻沁著蜜蜜然、溫雅的笑，像是晨曦綻放的徘徊花，嬌弱而美麗。

【徘徊　全文完】

大燕朝系列：

蝴蝶館47《倦尋芳》〈馴夫記〉：李容錚與慕容燦的故事。

蝴蝶館48《再綻梅》〈浣花曲〉：烏羽與白翼的故事。

蝴蝶館51《燕候君》：李瑞與阿史那雲的故事。

蝴蝶館58．59《臨江仙》：謝子瓔（趙國英）與顧臨的故事。

蝴蝶館63．64《深院月》：馮三郎與許芷荇的故事。

徘徊　極短篇

夕陽西下，陳祭月和陳十七漸去漸遠。

十六部曲待在原地發呆。

「那個，有誰聽懂了少主和十七娘子說什麼嗎？」金鉤額頭流下一滴汗。

「狐仙們交談不是凡人能理解的。」鐵環眼睛閃閃發光的說，交握雙手。

……妳是認真的嗎喂?!不是用句「狐仙」就能遮掩一切啊！現在到底是什麼情形誰來說一下？少主你不祭三字妖言最起碼也說明白吧？為什麼一直說那株莫須有的花啊？真的有這株月季嗎？就算有，說她幹嘛啊?!

十七娘子妳真的懂了嗎？為什麼你們會懂啊?!你們這樣雲裡霧裡……真的不會理解出捶嗎？……

夾在兩個妖孽間，心靈會受到很大的創傷。開始覺得自己是笨蛋……智商不斷貶值。

在迷惘失意的諸部曲中（含金鉤），篤信狐仙傳說的鐵環，顯得篤定而淡然。

＊結果，相信狐仙說的部曲數量節節高升。

＊　　＊　　＊

入境徽州。

「準備好了嗎？」陳十七額角滑下一滴汗。

「我們兩個齊心，難道還需要如臨大敵嗎？」陳祭月也有一點緊張。

陳十七安靜了一會兒，充滿不祥的氣息。「我……在同文館的時候，被稱為九尾真狐，懷章兄是九尾天狐。九哥……是九尾冥狐。」

她又滑下一滴汗，「在代表死亡的『冥』之前，一切都是虛無。」

陳祭月悄悄的嚥下一口口水。

越來越近了，迎接的人。

只見一斯文明朗的青年，面容如光風霽月，微微笑著，「幸會，陳少主。」

他終於明白，什麼叫做九尾冥狐。

十七能夠造成的最大悚意，比起他九哥那種極天玄獄北風怒號驚濤駭浪的冰天雪地，宛如春風般溫暖。

這會是最嚴酷的戰爭。

*之後陳祭月發現，初見面是陳敏思最溫和的溫度。

* * *

入徽四年後，陳祭月和陳十七成親。

陪著少主被陳九爺磨礪脫了好幾層皮的諸部曲額手稱慶……可惜沒有高興太久。

陳祭月和陳十七、陳敏思聯手，徽州脫胎換骨，文風大熾，山多田少的徽州往商業大力發展，以支撐教育事業和州民所需。

最後陳祭月將腦筋動到海運——徽州有個天然良港。

就像他被逼得神叨的在京部曲，最後擔下京城分舵的工作，他也習慣性的將海運事業扔給十六部曲去監押順便學習。

結果，還是被流放了。除了金鉤鐵環外的諸部曲哀鴻遍野，淚流滿面。（暈船得非常厲害）

金鉤鐵環非常慶幸自己是女兒身，還是十七娘子的侍女。

＊隔年金鉤嫁給吳應，鐵環嫁給徽州分舵舵主……結果隨夫出航，並沒有脫離流放的命運。

作者的話

小提醒：此文為架空小說，醫術部分也是唬爛的。先打個預防針，省得讀者想教育我……坦白說，我面對暴君是個沒用的M，但是在寫作上，我是超級S。

我喜歡調教讀者，但不喜歡被讀者調教。主從關係要搞清楚喔~☆

其實我真的很想用這段當作「作者的話」。

這部《徘徊》也是寫滿久的，一路看讀者留言到最後……唯一的收穫就是，內心的野獸越來越大，S屬性不斷飆漲，非常想痛快的調教讀者。

很早之前，我就察覺，讀者是種可愛又可怕的生物，但與世隔絕之後，我發現讀者的「可怕」從熟識導致的「過度期待」，變成另一種「明明很簡單」，但讀者「看不懂」的「可怕」。

所以我一直遵照著言情時代編輯的建議：要把讀者當成弱智者關懷。（原音重現，我沒有更改一個字）

一路寫來，我當然有點不滿足。因為我的女主角號稱「睿智」，也是被人詬病形象固定單一的女主角，事實上我個人都會苦笑，因為根本就不足以表現她們的「睿智」。

很簡單，想要表達「睿智」最好的方法是佈置織構陰謀詭計，而不是告訴讀者，女主角多智近妖。後者顯得非常單薄，但是前者我用最簡單的心計，還是有大批的讀者喊「看不懂」。

所以我都是用最小範圍的氛圍說故事，或者是取消女主角「睿智」的屬性。我不是討厭不夠睿智的女主角，像是「冥府狩獵者」的長生、「沉默的祕密結社」的小燕子。她們不是多智近乎妖的女主角，我也同樣喜歡她們。

我只是覺得，不滿足而已。

寫完〈翠樓吟〉，我稍微得到一點點補償。稍稍慰藉了我想寫聰明人的渴望，但還是深深感到不夠。

當時我考慮書寫的有好幾部，當中還有一個同樣架構在政德帝年間的一個「傳探花」的微紅樓穿越故事，幾乎在腦海裡寫完了，如果要完稿應該很輕易，而且對我的健康應該比較好吧……

但是，我卻挑當中一個最硬的，而且只有「一幕」的「徘徊」。

那一幕真的太鮮明了。我幾乎可以看到：清明時節雨紛紛，桐花傘，華麗罩衣雪白深裾，鐸鐸木屐走在溼冷的石板路上，灰髮琥珀瞳的小娘子，蹣跚的扶著竹杖，路上悄無人，雨中模糊，一切如虛無。

這「一幕」，原本是想寫成鬼怪故事，這樣用的心血會比較少。但是怎麼織構都不對勁。

跳出這幕時，我還在寫〈翠樓吟〉，當中病休的時候，我也在看一些重生復仇的故事——因為這類題材我不會寫——然後毫不意外的，華麗麗的怒了。

因為電腦螢幕很貴，我不能砸螢幕。但是怒氣真的必須要發作出來。

我說啊……你們懂不懂什麼叫復仇和心計啊喂?!不是像極暴力的神經病一樣，順我者昌、逆我者亡……卻還全世界都認為你是好人?!你這個世界的價值觀太扭曲了吧?!

要不然就是口口聲聲要復仇，然後從頭哭哭哭哭到尾，結果都是男主角幫妳解決一切……那麼英明神武無所不能的男主角為什麼要愛上妳這廢柴啊？中蠱嗎?!最可怕的是，男主角往往是一群不是一個！妳本身就是蠱王不要否認了，我看穿妳的真面目了！

（呼，冷靜……深呼吸~小心血壓）

然後我冷靜了，淡定的關視窗，對自己微笑的說：

「滾你媽的，讓專業的來！」

於是在極端憤怒後的冷靜，這一幕飛快的搜尋到她的定位，堅定的告訴我，就是大燕高宗時期，所有之前所作的龐大無用設定，立刻咬合到絲絲入扣，滿足我「示範何謂多智近妖」、「對百家殞落的怨念和墨家的崇拜」、「真正用腦子的復仇」種種需求。

所以逼在〈翠樓吟〉完稿後，我立刻寫了《徘徊》。

敲下第一個字的時候，我知道這是不歸路。也不是我此刻的身體能負荷的工作。甚至，也不會很討喜。

但是我決定將那些都拋開。讓情緒主宰，暫時封殺那個「關懷讀者鐵則」。鮮明的用電影般的手法，將我看到的每一幕，徹徹底底的寫出來……絕對不管讀者看不看得懂。

心機詭計並沒有錯，好人也不該是感化極惡者的白痴。真正的報復不應該是玉石俱焚，能夠徹底復仇而且全身而退毫髮無傷，才是真正「多智近乎妖」者該有的表現。

你看，這麼鮮明，像是在眼前發生的「電影」，難道不值得拋棄一切固有的法則嗎？

哪怕是，編織架構到想吐血，哪怕是一路拖著病痛和不肯癒合的傷口……這一切不是很值得嗎？

結果證明，真正睿智的是我當初的言情主編，留言爆滿的看不懂，從一開始的在螢幕這端發脾氣，漸漸的，把內心的野獸越養越大，導致一種非常S飆漲的結果。

事實上，我的讀者應該都是一群M屬性非常強烈的生物吧？這種可怕其實是一種可愛。看不懂還追著看，種種哀號叫囂，說不定是一種求憐愛的姿態？

真是一群可愛的人。求著被調教啊。

也是喔。讀者和作者的關係，事實上只有「小說」。藉著小說讀者窺視作者的內心世界，作者何嘗不是從回應中反過來了解如何調教讀者。

所以說書人和讀者，就是S和M的關係！（大悟……呃，大誤）

對我來說，寫徘徊最大的收穫就是這個。可以粉碎「關懷讀者守則」，也就是說，沒有所謂的守則。

寫這麼多年，可以放下這個一直桎梏著我的枷鎖，真是太開心了。讓我覺得……其實我還能繼續寫下去呢。

想到還有那麼多期盼求調教的讀者，就覺得熱血沸騰，低潮一掃而空。

真是太美好了這世界。

希望下一部書還能與（ㄐㄧㄤ）你相（ㄊㄧˊㄠ）逢（ㄐㄧˋㄠ）。

蝴蝶 2014/6/15

國家圖書館出版品預行編目資料

徘徊. 下卷, 慶豐年篇 / 蝴蝶Seba 著.
-- 初版. -- 新北市 : 雅書堂文化, 2015.02
面 ; 公分. -(蝴蝶館 ; 67)
ISBN 978-986-302-216-9 (平裝)

857.7 103025005

蝴蝶館 67

徘徊 下卷〈慶豐年篇〉

作　　者／蝴　蝶
發 行 人／詹慶和
總 編 輯／蔡麗玲
執行編輯／蔡毓玲・蔡竺玲
編　　輯／劉蕙寧・黃璟安・陳姿伶・白宜平・李佳穎
封面繪圖／五十本宛
執行美編／陳麗娜
美術編輯／周盈汝・李盈儀

出版者／雅書堂文化事業有限公司
郵政劃撥帳號／18225950
戶名／雅書堂文化事業有限公司
地址／新北市板橋區板新路206號3樓
電子信箱／elegant.books@msa.hinet.net
電話／（02）8952-4078
傳真／（02）8952-4084

2015年02月初版一刷　定價220元

總經銷／朝日文化事業有限公司
進退貨地址／新北市中和區橋安街15巷1號7樓
電話／（02）2249-7714
傳真／（02）2249-8715

Seba · 蝴蝶

Seba · 蝴蝶